吳奕蒼、吳璧如、李燕惠、周明華、林桐城、張靜宜、郭美玲、曾潔明、楊惠娥、劉玫瑛、蔡秀采、霍晉明——作者

科大經典文選

（電子、資訊、環物等學系適用）

特色篇

全國第一本針對各學院不同專長而編寫的科大及技專院校國文課本

編輯大意

一、本書為針對科技大學大一國文或類似課程而編製之教材。

二、本書分為兩冊，分別為「基本篇」與「特色篇」。本冊為「特色篇」，針對電資學院（電子、資訊、環境與物業管理三系）編纂，分作四個單元。第九單元（基本篇共八個單元，故此處從第九單元開始）「居住與生活資源」，選有夢溪筆談與徐霞客遊記等，編為四課，由周明華老師主編。第十單元「自然與生活環境」，內容以白話散文與現代詩為主，編有六課，由曾潔明老師主編。第十一單元「科技與社會的互動」，選有長篇論說文二篇，由劉玟瑛老師主編。第十二單元「科學與文學的對話」，選有長篇敘事文二篇，由吳奕蒼老師主編。

三、本書每一單元皆有「單元大意」，略述該單元之編輯旨趣及相關知識。每一單元有若干課，每課分作「概說」、「課文」、「注釋」與「綜合討論」四大部分。「概說」約略相當於傳統課本之「題解」與「作者」，凡與該課相關之背景資料，皆融入「概說」之中。而「綜合討論」則是編者就該課主題與讀者溝通的橋梁；透過「綜合討論」，讀者可以更加明白該課之意趣，以及編者所以編成此課之用意。

四、各課之後或設有「附錄」，皆為與該課有關之原典白文，供老師上課時作為選用教材。

五、本書雖力求要言不煩，言之有物，避免陳言套語；然多數編者皆缺乏編書經驗，疏漏訛誤恐在所不免，尚望讀者賢達不吝指正。

序(一)：我們需要怎樣的國文課本？

本書是由景文科技大學通識教育中心國文組的十二位老師共同編撰而成。這十二位老師，至少都有十年以上的教學經驗，長期的教學經驗，讓我們對國文這門課，都有一些自己的看法。

「國文」有其特殊的地方。首先，它是一門通識課，也就是說，它不是一門專業的科目。為什麼要強調這一點呢？但凡專業的科目，基本上，都有一定的知識結構。也就是說，它有固定的上課內容，也有大略固定的教授次序，由淺入深循序漸進，隨便誰來講授這門課，就內容而言，都不會有太大的差異。

但「國文」就非常不同了，它不是以傳授知識為主，雖然它也會教一些語文、文化方面的知識，但那不是最主要的。國文最主要的功能在於透過文學（廣義，含文史經典）而陶冶性情，開啟生命的自覺與對文化的探索，最終指向自我人格的塑造與完成。這純是一個以「啟發」為主的課程，其學習與完成是一輩子的事情（想想看，有誰能不思想、不說話、不看書報、不看電視電影或不與人溝通？有誰不是生活在文學之中）。國文課不可能（也不該）越俎代庖地代替學生完成這一切。國文課的功能，應當是為學生奠定一個基礎，儘可能地讓學生對文學、文化與人生有一個比較適切的體會與認識；若能進而開啟他們對文學的興趣，往後能自行閱讀、觀賞與思索，那就是功德圓滿了。凡執「知識教學」的標準而要求「國文」在一年課程結束後當有若何之具體成效者，皆為對「國文」性質之誤解。

既然國文並無固定之內容，那麼國文課當使用什麼教材呢？我們認為，凡能夠引發學生興趣的，能夠讓老師盡情發揮的，就是好教材。因為多年的教學經驗，讓我們了解到只要老師能藉著適當的教材將其對文學的感悟與熱愛表現出來，就比較容易激起學生的興趣與共鳴。於是，從這個角度來說，每一位國文老師都應當有一本自己的課本。然而，這又談何容易！因為編教科書是一件頗為累人的事，各方的考慮非常的複雜，所以，我們決定採取折中的辦法，由全體老師合編一本書。這在許多學校都已如此做了，並不稀奇，比較特別的是，這本由多人一起編的書，我們並不求其風格一致，反而樂意見到其間的不同。每一個單元的體例雖然是一樣的，但內容取向、編輯方針都各有不同。我們希望這是一本有「個性」的書，每位老師除了在講授自編單元可盡情發揮外，在講授其他單元時也等於觀摩了其他老師的風格。我們也希望當同學自修或他校老師採用本書為課本時，亦可感受到這是一本有熱情、有溫度的書，而不僅僅是材料的堆砌而已。

由於考慮到同學的興趣，我們有一個新的嘗試，決定將課本一分為二，分別為「基本篇」與「特色篇」。基本篇比較顧及大一國文教學的共同性與傳統，既希望能帶給同學關於中國文學比較完整的概念，但又不希望內容過深，故選材以盡量貼近同學程度為主，共分為八個單元。特色篇則針對各學院同學不同的興趣偏好來編寫，選材以作者具相關專業背景的現代散文為主，輔以少量文言，首先出版的是「電資學院」部分，編有四個單元。

非常感謝景文科技大學行政主管對「國文」特色之理解，使本課程從未要求老師用統一的教材，更遑論統一的進度與命題。如此，所有老師均得到最大自由的空間，可以有各種可能的試驗來強化並改進國文教學。此次由所有國文專任老師共同合編新課本的出版，可算是我們的一次集體嘗試，在傳承與創新之間，我們走得十分謹慎。藉由新書的出版，希望大家可以看到我們的用心與努力，若能因此而理解國文教學的理想與使命，那更是我們所衷心企盼的。

郭美玲（景文科技大學通識教育中心主任）

序㈡：爲什麼要念國文？

「讀國文有什麼用？」不只是學生，恐怕很多成人乃至老師、家長等，都有這樣的疑問。在回答這個問題之前，我們不妨想想，學別的專業科目又有什麼用呢？我想，很務實的回答是：「那可以讓我們學到一技之長。」有了一技之長就可以找工作；有了工作，就可以賺錢；有了錢，就可以做我們想做的事，過我們想過的幸福人生。

那麼好，什麼是我們想要的幸福人生呢？舉例來說，很多年輕人的夢想就是要環遊世界。但讓我們想想，你在環遊世界的時候都在做些什麼呢？你大概在參觀一些歷史遺蹟，要不就是看一些名人的故居，或者看他們的墳墓（金字塔、泰姬瑪哈陵、兵馬俑……），再來就是參觀各種博物館、美術館、紀念館……，最後就是看看天地間的壯闊美景，以及了解一下各地的風土民情。如果你對歷史文化一無所知，對自然與文明毫無了解，那麼這旅遊還有什麼好玩的？環遊世界幹什麼？找個「渡假村」待著，坐坐「雲霄飛車」也就行了。

賺了錢，除了環遊世界，你一定還想到買房。「富潤屋、德潤身」，有錢買豪宅，自古就如此。但你買了豪宅，你要不要在裡面擺點什麼呢？字畫？古董？這將顯示你的品味。同樣地，你對歷史文化一無所知，對自然與文明毫無了解，那麼你只好任由別人唬弄，任由別人騙你的錢了。還有，有了一幢漂亮的房子，你也不能一個人孤伶伶地住著，你總要請朋友來玩。你都交些什麼樣的朋友？你與朋友間聊些什麼？這些說到底，都叫作文化。文化水平差，生活再富足，恐怕也難免精神上的空虛無聊。

當然，聰明的你絕不可能這麼快就被說服了。因為你看到有錢的成功人士，生活得很好啊！

健身房、高爾夫……，還有無數的俊男美女圍繞，穿金戴銀珠光寶氣，風流富貴花柳繁盛，哪有什麼精神空虛？再退一步來講，就算沒有賺到大錢，至少我靠我的專業找到工作，下了班盡可打電動看韓劇，逛夜市吃美食，關起門來過我的「小確幸」，又與你國文有何干係？

說得一點不錯，如果人生真的如此幸福，就如同住在伊甸園裡的亞當夏娃，學不學什麼，純屬興趣，而無「必要」了。然而不幸的是，世界畢竟不是天堂，隨便你有多強的專業能力，多麼富足優渥的環境，你還是很難避免有些煩心事，如夫妻、情人間的爭吵、變心，家人間的隔閡，朋友間的誤會，乃至職場上的勾心鬥角，或事業發展方向的某個艱難抉擇……，更不要說種種的不順、挫折與打擊。凡此種種，你要依靠哪個專業？心理學？各種「處世之道」的書籍？恐怕沒有現成的解決方案，就算有，要選取哪一個？也要看你「道行」的高低。你可以想想「聖人處此，更有何道？」（王陽明語），你能具備什麼樣的解決能力？能找到什麼樣的解決之「道」，就看你距離「聖人」有多遠了。

不錯，國文（以及其他的通識科目）就是培養你人生的「道行」（不敢說「教」，只是「培養」）。怎麼培養？不是教你理論，而是提供你一大堆古今人物的親身示範。若你搞懂了這些示範，神遊古今，思遍中外，實為人生之一大樂事。當然，要能享受此樂，也得通過一些基本的訓練。你曾看過那些在公園裡玩溜滑板的小朋友嗎？左拐右彎，躍上跳下，時而迅疾伶俐，時而優雅從容，身輕如燕自由自在，好不令人羨慕。然而，所有的出神入化，沒有不從摔得鼻青臉腫中得來。就這一點來說，國文與其他科目沒有不同，你得先接受一些感覺有些不好玩的訓練，才能享受到其中的「好玩」。所不同者，你看到別人溜滑板的自由自在，心生羨慕而不怕鼻青臉腫；你看到別人的事業成功賺大錢，於是你甘心忍受專業科目的嚴苛要求；至於國文呢？你可曾看到過腹有詩書而舉止華貴、意態雍容的雅士？可曾看見過因嫻熟經史而氣度豪邁、見識遠大的高人？不是沒有這樣的人，記載傳聞，班班可考。問題是媒體不報導，你視而不見。為什麼？因為他們丘壑藏於腹內，韜略隱於胸中；羚羊掛角而不顯山露水，豈能如電影明星、體壇健將一般一望即知？當然有這樣的人，只是你若不追求人生的深度，必與這樣的人物失之交臂！然而，若要探尋人生的真諦，除了就正有道、問津古人，還有其他的途徑嗎？

現在，我們可以回答開頭的問題：「讀國文有什麼用？」原來所有的「有用的科目」，都是對別人有用。我們以自己的一技之長滿足了別人的需要，於是別人付給我們酬勞，我們就賺到了錢（當然，如果我們也能樂在其中，那就更好了）。但國文則是直接對我們自己有用，它讓我們的生命有文化、有品質、有深度、有廣度，對自己有用，讓你快樂幸福不必花錢買（花錢也買不到），何樂而不為？

所以，如果再有人以懷疑的態度問你：「讀國文有什麼用？」你不妨回答他：「那你活在世上又有什麼用？」因為這兩個問題的答案，是一樣的。

霍晉明（景文科技大學通識教育中心老師，本書主編）

目錄

單元九

居住與生活資源

單元大意

本單元主要是探討都市居住環境與工業和生產資源之相關。所謂都市是指人口聚集而工商業較為發達的地區，城市中有樓房、街道和公園等基礎建設。城市是人類文明的重要組成部分，城市也是伴隨人類文明與進步發展起來的。一般而言，城市會有密集的開發，方便人們的互動，較完善的公共衛生設備、公用事業、土地規劃、住宅及運輸系統，也便於商業活動的進行。現代一般都市的人民，通常每天通勤到市區上班，下班後則住在郊區。

觀察城市的發展，十九世紀的工業革命後，造成了科技快速的進步及許多發明的問世，進而造成許多工廠的建成，城市獲得了前所未有的發展。由於工廠大多設置在交通方便的大都市附近，造成農民不斷湧入這些都市，都市不斷擴張，造成城市化的現象。時至今日，都市化的程度不僅是富足的標誌，而且是文明的象徵。根據統計資料顯示，全球已有超過三十億的人口居住於都市，然而歐洲、美國及日本等已開發國家的都市發展已近飽和狀態；在拉丁美洲、非洲、中國大陸及印度等地區的都市，人口成長仍然相當迅速。

所謂工業，簡單而言即是將自然界農、林、漁、牧等傳統產業加工，使成為我們的生活資源，即可稱為工業。臺灣早期的經濟活動大多屬於傳統產業加工的輕工業，但隨著經濟發展，臺灣亦隨著其他經濟工業大國發展腳步，今日則以傳統產業生產出來的原料或半製成品進行再加工，例如：製造業、建築業、印刷業等。

是以本篇之選文，冀望透過古今、中外之作者或作品，呈現在中國或臺灣斯土斯民之發展情形。選入之《夢溪筆談》若干紀錄，主要為突顯中國宋、明時代的科學發展，證明在中國仍然是有科學的紀錄，甚至某些科學文明遠比西方科學文明之發展提早許多。然後再藉由選入之《馬可・波羅遊記》、《徐霞客遊記》透過元明時代之馬可・波羅及徐弘祖個人遊歷所見所聞，展開對中國城市之歷史面貌的描述刻畫。最後再以簡媜《天涯海角——福爾摩沙抒情誌》呈現臺灣寶島目前畸形的都市發展亂象，以針砭種種城市發展下的弊病，希望臺灣的城市發展能夠有效的以自我人文文化為主，莫隨著西方世界城市之發展而沉淪。

第一課　夢溪筆談二則

沈括

概說

沈括（西元一〇三一～一〇九五年），字存中，號夢溪丈人，北宋杭州錢塘縣（今浙江杭州）人，是中國北宋科學家。仁宗嘉祐八年（西元一〇六三年）進士。參與王安石變法運動。元祐三年，沈括移居到潤州（今江蘇鎮江），將他以前購置的園地加以經營，名為「夢溪園」，在此隱居，八年後去世。晚年在鎮江夢溪園撰寫《夢溪筆談》，以及農學著作《夢溪忘懷錄》（已佚）、醫學著作《良方》等。

《宋史．沈括傳》稱他「博學善文，於天文、方志、律曆、音樂、醫藥、卜算無所不通，皆有所論著」。英國科學史家李約瑟評價沈括「中國科學史上的座標」和「中國科技史上的的里程碑」，為中國科學史上最卓越的人物。

《夢溪筆談》因為寫於潤州（今鎮江）夢溪園而得名，收錄了沈括一生的所見所聞和見解，被西方學者稱為中國古代的百科全書，已有多種外語譯本。分為二十六卷，又《補筆談》三卷，《續筆談》一卷。

現存《夢溪筆談》分故事、辯證、樂律、象數、人事、官政、權智、藝文、書畫、技藝、器用、神奇、異事、謬誤、譏謔、雜誌、藥議十七目共六〇九條。內容涉及天文、數學、物理、化學、生物、地質、地理、氣象、醫學、工程技術、文學、史事、美術及音樂等學科。

《夢溪筆談》是中國科學技術史上的重要文獻，百科全書式的著作，英國科學史家李約瑟稱讚本書為「中國科學史上的座標」。其中不少條目與自然科學有關，總結了中國古代，特別是北宋時期科學的成就。部分內容在當時是突破性的科學發明和發現。

課文

其一 鄜延境內有石油（夢溪筆談卷二四雜志一）

鄜延❶境內有石油，舊說「高奴縣❷出脂水」，即此也。生於水際，沙石與泉水相雜，惘惘❸而出，土人以雉裛之❹，用❺采入缶❻中。頗似淳漆❼，然之如麻❽，但煙甚濃，所沾幄幕❾皆黑。余疑其煙可用，試掃其煤❿以為墨，黑光如漆，松墨⓫不及也，遂大為之，其識文⓬為「延川石液」者是也。此物後必大行於世，自余始為之。蓋石油至多，生於地中無窮，不若松木有時而竭。今齊⓭、魯⓮間松林盡矣，漸至太行、京西、江南，松山大半皆童⓯矣。造煤人⓰蓋未知石煙之利也。石炭煙亦大，墨人衣。余戲為〈延州詩〉云：「二郎山下雪紛紛，旋卓穹廬學塞人。化盡素衣冬未老，石煙多似洛陽塵。」

其二　青堂羌善鍛甲（夢溪筆談卷一九）

青堂羌[17]善鍛甲，鐵色青黑，瑩徹可鑒毛髮。以麝皮爲絤旅之[18]，柔薄而韌。鎮戎軍[19]有一鐵甲，櫝藏之，相傳以爲寶器。韓魏公[20]帥涇原，曾取試之，去之五十步，強弩射之，不能入。嘗有一矢貫札[21]，乃是中其鑽空[22]，爲鑽空所刮，鐵皆反卷，其堅如此。凡鍛甲之法，其始甚厚，不用火，冷鍛之，比元[23]厚三分減二乃成。其末留筋頭許不鍛，隱然如瘊子[24]，欲以驗未鍛時厚薄，如浚河留土筍[25]也，謂之「瘊子甲」。今人多於甲札之背，隱起僞爲瘊子；雖置瘊子，但元非精鋼，或以火鍛爲之，皆無補於用，徒爲外飾而已。

注釋

❶鄜延：宋代之路名，宋代康定二年（西元一〇四一年）從陝西路分出一部分置為鄜延路，治所在延州（後升為延安府），即今陝西省延安市。鄜，音ㄈㄨ。

❷高奴縣：古縣名，秦代設置，治所在今陝西延安東北延河北岸，東漢末年廢。唐代段成式《酉陽雜俎．卷十．物異》：「石漆，高奴縣石脂水，水膩，浮水上如漆。采以膏車及燃燈，極明。」文中「舊說『高奴縣出脂水』」疑即據此。

❸惘惘：心中若有所失的樣子，文中用來描寫石油與地下水混雜湧出的樣子。惘：在文中可以理解為通「汪」，形容液體聚積的樣子。

❹以雉裛之：指用羽毛去沾取石油。雉，ㄓˋ：鳥名，通稱為野雞。裛，ㄧˋ：通「浥」（ㄧˋ），沾

溼，溼潤。

❺用：相當於「而」。

❻缶：古代瓦器，泛指瓦罐一類的器具。

❼淳漆：純漆。淳，通「純」。

❽然之如麻：指燃燒時像麻燭一樣的光亮。然，「燃」的古字，指燃燒。麻：麻類植物的總稱，古代專指麻的一種，即大麻，為麻燭，麻燭即用麻籽所榨的油做成的燭，燭就是「火炬」的意思。古代沒有蠟燭，把火炬叫作燭。

❾幄幕：帳篷。

❿煤：煙熏所積的黑灰渣，即煙塵。

⓫松墨：即松煙墨，是墨的一種，用松煙塵和膠搗捶製成。

⓬識文：用文字標注，這裡指墨上所標注的文字。識，音ㄓˋ，標記，標注。

⓭齊：周代諸侯國名，故地在今山東北部和河北東南部。

⓮魯：周代諸侯國名，故地在今山東省兗州市東南至江蘇省沛縣、安徽省泗縣一帶，秦漢以後仍沿稱這些地區為魯，今山東省簡稱為魯。

⓯童：童，禿頂，不長頭髮，也指山上不長草木。指山上的樹木被砍伐殆盡。

⓰造煤人：指用松煙灰製作黑墨的人。

⓱青堂羌：亦作「青唐羌」。原為吐蕃族的一支，後據青唐城（在今青海西寧）建立政權。北宋時所稱「青唐羌」，實指唃廝囉政權所屬的藏人。

⓲以麝皮為綑旅之：此句意謂以麝皮為背心而綴以甲片。綑旅，用來串甲片的帶子。綑，音ㄒㄧㄝˋ，一種織錦。

⓳鎮戎軍：行政區劃名，治今寧夏固原。

⓴韓魏公：即韓琦（西元一〇〇八～一〇七五年）。北宋宰相。曾為陝西四路經略安撫招討使。

㉑札：指鐵甲上的甲片。

㉒鑽空：即鑽孔，為連綴甲片而在其上穿的小孔。

㉓元：通「原」，下同。

㉔瘊子：俗語，指皮膚上的贅疣。瘊，音ㄏㄡˊ。

㉕土筍：竹筍狀的立土，即用以標識原地面高度的土柱。

綜合討論

我們從第一則中，可以看到沈括對石油的認知與了解。他是第一個把歷史上沿用的石漆、石脂水、火油、猛火油等名稱統一命名為石油，並對石油做了極為詳細論述的人。石油對現代的工業，有著極重要之關鍵。許多器物的發明與使用，都得靠石油提煉出來的化工原料，進一步加工而成。第二則故事則可見沈括對於當時鎧甲鍛造的細心觀察，在當時仍以手工製造的年代，將戰爭所使用的護身鎧甲，鍛造的人事物及製作的過程，均做了詳細的介紹與考證。

綜觀沈括一生，他自幼對天文、地理等有著濃厚的興趣，勤學好問，刻苦鑽研。他的科學成就是多方面的，他對當時科學發展和生產技術的情況，如畢昇發明活字印刷術、金屬冶煉的方法等，皆詳為記錄。

附錄

（一）夢溪筆談序

予退處林下，深居絕過從。思平日與客言者，時紀一事於筆，則若有所晤言，蕭然移日，所與談者，惟筆硯而已，謂之《筆談》。聖謨國政，及事近宮省，皆不敢私紀。至於系當日士大夫毀譽者，雖善亦不欲書，非止不言人惡而已。所錄惟山間木蔭，率意談噱，不系人之利害者；下至閭巷之言，靡所不有。亦有得於傳聞者，其間不能無缺謬。以之為言，則甚卑，以予為無意於言可也。

（二）海市蜃樓

登州海中時有雲氣，如宮室、臺觀、城堞、人物、車馬、冠蓋，歷歷可見，謂之「海市」。或曰：「蛟蜃之氣所為。」疑不然也。歐陽文忠曾出使河朔，過高唐縣驛舍，中夜有鬼神自空中過，車馬人畜之聲，一一可辨。其說甚詳，此不具紀。問本處父老，云：「二十年前嘗晝過縣，亦歷歷見人物。」土人亦謂之海市，與登州所見大略相類也。

(三) 隕石

治平元年，常州日禺時，天有大聲如雷，乃一大星，幾如月，見於東南。少時而又震一聲，移著西南，又一震而墜在宜興縣民許氏園中。遠近皆見，火光赫然照天，許氏藩籬皆為所焚。是時火息，視地中只有一竅如桮大，極深，下視之，星在其中熒熒然，良久漸暗，尚熱不可近。又久之，發其竅，深三尺餘，乃得一圓石，猶熱，其大如拳，一頭微銳，色如鐵，重亦如之。州守鄭伸得之，送潤州金山寺，至今匣藏，遊人到則發視。王無咎為之傳甚詳。

(四) 朱砂

予中表兄李善勝，曾與數年輩鍊朱砂為丹，經歲餘，因沐砂再入鼎，誤遺下一塊，其徒丸服之，遂發懵冒，一夕而斃。朱砂至（涼）〔良〕藥，初生嬰子可服，因火力所變，遂能殺人。以變化相對言之，既能變而為大毒，豈不能變而為大善；既能變而殺人，則宜有能生人之理。但未得其術耳。以此知神仙羽化之方，不可謂之無，然亦不可不戒也。

第二課　馬可・波羅遊記三則

馬可・波羅

概說

馬可・波羅（Marco Polo，又譯馬可・孛羅、馬哥・波羅、馬哥孛羅，西元一二五四年九月十五日至一三二四年一月八日）是義大利威尼斯商人、旅行家及探險家，是中世紀大旅行家。出生於義大利威尼斯的馬可・波羅，在十七歲時即與父親尼古拉・波羅及叔父馬菲歐・波羅三人，於西元一二七五年（元世祖至元十二年）從義大利到達中國，遍遊中國各地，西元一二九一年（至元二十八年）初離華。他秉持著堅強的毅力以及無比的勇氣，不僅踏上東方的土地，甚至在中國當官、四處遊歷，總共在中國待了十八年，終於踏上歸鄉的旅途。回到威尼斯後，馬可・波羅因熱那亞與威尼斯的戰事中為威尼斯出戰，後戰敗而被監禁，在監獄裡結識作家魯斯蒂謙（Rustichello da Pisa），由馬可・波羅在監獄裡口述其旅行經歷，由魯斯蒂謙以古法語代為記錄完成。為了讓大家更了解東方世界，將這些年來的所見所聞寫下來，書名就叫作《東方見聞錄》，也稱作《馬可・波羅遊記》。他的遊記使得許多的歐洲人得以了解中亞和中國。

《馬可・波羅遊記》這本書是一部關於亞洲的遊記，而其重點部分則是關於中國的敘述，馬可・波羅在中國停留的時間最長，他的足跡遍及西北、華北、西南和華東等地區。《馬可・波羅遊記》中記述的國家、城市的地名達一百多個，且包括山川地形、物產、氣候、商賈貿易、居民、宗教信仰、風俗習慣等。該書在中古時代的地理學史、亞洲歷史、中西交通史和中義關係史等方面，都有著重要的歷史價值，記載了威尼斯人馬可・波羅從威尼斯出發至亞洲，及從中國返回威尼斯旅遊的經歷，以及記述途中亞洲及非洲多國的地理及人文風貌。

《馬可・波羅遊記》是印刷術時代興起以前少見的流行之作，成書後影響了歐洲人對東方的認識及探索。不僅詳細記錄了元代中國的政治事件、物產、風俗，對西方世界也產生過重大的影響。它打開了中古時代歐洲人的地理視野，在他們面前展示了一片寬闊而富饒的土地、國家和文明，引起了他們對於東方的嚮往，也有助於歐洲人衝破中世紀的黑暗，走向近代文明。可以說，《馬可・波羅遊記》讓當時歐洲人看到或認識了亞洲，也深深影響改變了後來亞洲的歷史發展與面貌。《馬可・波羅遊記》對十五世紀左右歐洲航海事業的發展，也起到促進作用，當時一些著名的航海家和探險隊的領導人曾經讀過馬可・波羅的書，並從中得到巨大的鼓舞和啟示，激起他們對於東方的嚮往和冒險遠航的熱情。例如著名義大利航海家哥倫布，都津津有味地看過馬可・波羅的書，哥倫布小時候讀了馬可・波羅的遊記後非常欽慕中國、印度之文明富裕，特別是書中所載日本盛產黃金「其數無限」、「地鋪金磚」，更是嚮往已極，正是商人貴族的這種「黃金渴望」，驅使哥倫布立志東遊。一四九二年起，在西班牙國王的資助下，他率領水手接連幾次遠航，到達了中美和南美的東北角。哥倫布認為，他所到達的地方就是亞洲的海濱諸島，以為墨西哥就是馬可・波羅書中的「行在」，又把古巴島當作日本，並登岸四處尋問有無黃金。他本來要去的地方是富庶的東方，結果卻航行到了美洲，發現新大陸，開闢了由歐洲到達美洲的新航線。

《馬可・波羅遊記》全書共分四卷，每卷分章，每章敘述一地的情況或一件史事，共有二百二十九章。遊記第一卷敘述在前往中國的路上所經過的中東和中亞；第二卷敘述中國和忽必烈；第三卷敘述東方的沿海地區，包括日本、印度、斯里蘭卡、東南亞，以及非洲東岸；第四卷敘述最近在蒙古和俄國等國之間的戰爭。其中以大量的篇章、熱情洋溢的語言，記述了中國無窮無盡的財富、巨大的商業城市、極好的交通設施，以及華麗的宮殿建築。以敘述中國為主的《馬可．波羅遊紀》第二卷共八十二章，在全書中份量很大。西元一二六〇年時，中國正值蒙古帝國的極盛時期，當時的皇帝是元世祖，也就是忽必烈大汗，他對於西方世界充滿了好奇。同樣的，西方人士對於東方的中國也懷抱著探險的熱情。在這卷中有很多篇幅是關於忽必烈和北京的描述。在《馬可．波羅遊紀》的第二卷，還對杭州有詳細的記述。記載杭州人煙稠密，商業發達。對西湖的美麗和遊覽設施，書中更有詳細的記述。由於他對杭州特別讚賞，所以曾數次來此遊覽。

其一　大汗之宮廷

應知大汗❶居其名曰「汗八里」之契丹❷都城，每年三閱月，即十二月、一月、二月是已。在此城中有其大宮殿，其式如下：

周圍有一大方牆，寬廣各有一里。質言之，周圍共有四里。此牆廣大，高有十步，周圍白色，有女牆❸。此牆四角各有大宮❹一所，甚富麗，貯藏君主之戰具於其中，如弓、箙❺、弦、鞍、轡及一切軍中必需之物是已。四角四宮之間，復各有一宮，其形相類。由是圍牆共有八宮甚大，其中滿貯大汗戰具。但每宮僅貯戰具一種，此宮滿貯戰弓，彼宮則滿貯馬轡，由是每宮各貯戰具一種。

此牆南面闢五門，中間一門除戰時兵馬甲仗由此而出外，從來不開。中門兩旁各闢二門，共爲五門。中門最大，行人皆由兩旁較小之四門出入。此四門並不相接，兩門在牆之兩角，面南向，餘二門在大門之兩側。如是布置，確使此大門居南牆之中。

此牆之內，圍牆南部中，廣延一里，別有一牆，其長度逾於寬度。此牆周圍亦有八宮，與外牆八宮相類，其中亦貯君主戰具。南面亦闢五門，與外牆同，亦於每角各闢一門。此二牆之中央，爲君主大宮所在，其布置之法如下：

君等應知此宮之大，向所未見。宮上無樓，建於平地。惟臺基高出地面十掌。宮頂甚高，宮牆及房壁滿塗金銀，並繪龍、獸、鳥、騎士、形像及其他數物於其上。屋頂之天花板，亦除金銀及繪畫外別無他物。

大殿寬廣，足容六千人聚食而有餘，房屋之多，可謂奇觀。此宮壯麗富贍，世人布置之良，誠無逾於此者。頂上之瓦，皆紅黃綠藍及其他諸色。上塗以釉，光澤燦爛，猶如水晶，致使遠處亦見此宮光輝。應知其頂堅固，可以久存不壞。

上述兩牆之間，有一極美草原，中植種種美麗果樹。不少獸類，若鹿、獐、山羊、松鼠，繁殖其中。帶麝之獸爲數不少，其形甚美，而種類甚多，所以除往來行人所經之道外，別無餘地。

由此角至彼角，有一湖甚美，大汗置種種魚類於其中，其數甚多，取之惟意所欲。且有一河流由此出入，出入之處間以銅鐵格子，俾魚類不能隨河水出入。北方距皇宮一箭之地，有一山丘，人力所築。高百步，周圍約一里。山頂平，滿植樹木，樹葉不落，四季常青。汗聞某地有美樹，則遣人取之，連根帶土拔起，植此山中，不論樹之大小。樹大則命象負而來，由是世界最美之樹皆聚於此。君主並命人以琉璃礦石滿蓋此山。其色甚碧，由是不特樹綠，其山亦綠，竟成一色。故人稱此山曰綠山，此名誠不虛也。

山頂有一大殿，甚壯麗，內外皆綠，致使山樹宮殿構成一色，美麗堪娛。凡見之者莫不歡欣。大汗築此美景以爲賞心娛樂之用。

其二　成都府

向西騎行山中，經過上述之二十日程畢，抵一平原，地屬一州，名成都府，與蠻子邊境爲鄰。此州都會是成都府，昔是強大城市，歷載富強國王多人爲主者垂二千年矣。然分地而治，說如下文：

此州昔有一王，死時遺三子，命在城中分地而治，各有一城。然三城皆在都會大城之內，由是此三子各為國王，各有城地，各有國土，皆甚強大。大汗取此三王之國而廢其王。有一大川，經此大城。川中多魚，川流甚深，廣半里，長延至於海洋，其距離有八十日或百日程，其名曰江水。水上船舶甚眾，未聞未見者，必不信其有之也。商人運載商貨往來上下游，世界之人無有能想像其盛者。此川之寬，不類河流，竟似一海。城內川上有一大橋，用石建築，寬八步，長半里。橋上兩旁，列有大理石柱，上承橋頂。蓋自此端達彼端，有一木製橋頂，甚堅，繪畫顏色鮮明。橋上有房屋不少，商賈、工匠、列肆❻，執藝於其中。但此類房屋皆以木構，朝構夕折。橋上尚有大汗徵稅之所，每日稅收不下精金千量。居民皆是偶像教徒。出此城後，在一平原中，又騎行五日。見有城村甚眾，皆有牆垣。其中紡織數種絲絹，居民以耕種為活。其地有野獸如獅、熊之類不少。騎行此五日畢，然後抵一頗遭殘害之州，名稱「土番」，後此述之。

其三　襄陽府大城及其被城下炮機奪取之事

襄陽府是一極重要之大城，所轄富裕大城十有二所，並為一種繁盛工商業之中區。居民是偶像教徒，使用紙幣，焚死者屍，臣屬大汗。產絲多，而以製造美麗織物，亦有野味甚眾。節而言之，凡一大城應有之物，此城皆饒有之。

現應知者，此城在蠻子地域降服以後，尚拒守者三年。大汗軍隊不斷猛攻之，但只能圍其一面，質言之，北面，蓋其餘三面皆有寬深之水環之，防守者賴以獲得食糧及其他意欲之物。脫無下述之一事，余敢保其永遠不能攻下。

大汗軍隊圍攻此城三年而不能克，軍中人頗憤怒。由是尼古拉・波羅閣下，其弟馬菲歐・波羅閣下及尼古拉・波羅閣下之子馬可・波羅閣下獻議，謂能用一種器械可取此城，而迫其降。此種器械名曰「茫貢諾」，形甚美，而甚可怖，發機投石於城中，石甚大，所擊無不摧陷。

大汗及其左右諸男爵，與夫軍中遣來報告此城不降之使臣，聞此建議，頗為驚異。蓋此種地域中人，不知「茫貢諾」為何物，亦不識戰機及投石機，而其軍隊向未習用此物，既未識之，亦從未見之，所以聞議甚喜。大汗乃命此二兄弟及馬可閣下從速製造此機，大汗及其左右極願親睹之，因其為彼等從來未見之奇物也。

上述之三人立命人運來材木如其所欲之數，以供造機之用。彼等隨從中有二人詳悉一切製造之事，其一人是聶思脫里派之基督教徒，其一人是日耳曼之日耳曼人，亦一基督教徒也。於是此二人及上述之三人製造三機，皆甚壯麗。每機可發重逾三百磅之石，石飛甚遠，同時可發六十石，彼此高射程度皆相若。諸機裝置以後，大汗及其他觀者皆甚歡欣，命彼等當面發射數石，發射之後，皆極驚賞其製作之巧。大汗立命運機至軍中，以供圍城之用。機至軍中，裝置以後，韃靼未見此物一次，見之似甚驚奇。

此機裝置以後，立即發石，每機各投一石於城中，發聲甚巨，石落房屋之上，凡物悉被摧陷。此城中人從來未見未聞此物，見此大患，皆甚驚愕，互詢其故，恐怖異常，因聚議，皆莫籌防禦此大石之法。彼等信爲一種巫術，情形窘迫，似只能束手待斃。聚議以後，皆主降附，遣使者往見主將，聲明願降附大汗，與州中其他諸城相同。大汗聞之甚喜，而許其降。於是此城遂下，待遇與其他諸城同。此皆尼古拉閣下、其弟馬菲歐閣下及其子馬可閣下之功也。此功誠不爲小，蓋此城及此地在昔在今皆爲良土，大汗可在其境中獲得重大收入也。

注釋

❶大汗：稱呼蒙古人的首領，也就是元代的皇帝稱為可汗、大汗。

❷契丹：馬可・波羅稱中國北方為契丹（Cathay），此即指當時建立元朝的蒙古族。

❸女牆：古代城牆上面呈凹凸形狀的矮牆。缺口多作射孔，可用於禦敵。

❹大宮：牆上之大宮，似指城角城門上之垛樓，為大汗貯藏戰具之所。

❺箙：盛箭用的器具。以竹、木或獸皮等製成。

❻列肆：市場中成列的商鋪。

綜合討論

本課收錄了《馬可・波羅遊記》第二卷中三則紀錄，分別是當時元朝時的皇宮、成都府及襄陽城之攻城戰之情形。讓讀者了解到當時首都皇宮的面貌及當時在城市攻防交鋒的情形。〈大汗之宮廷〉我們除了可以看到元代皇宮建築構造的富麗堂皇，已經具備了我們所熟知的明、清紫禁城的模樣，也可以從文中感受到元代橫跨歐亞所建立起的大帝國的城市富庶景象。〈成都府〉則讓我們知道了所謂天府之國中的城市生活模式與型態、機能。〈襄陽府大城及其被城下炮機奪取之事〉則可見十三世紀時之城市攻防戰爭的方式，不論中外，在工程中均以投石機來攻城略地。馬可・波羅也因為此攻城投石機的製造使用，而獲得重要官職，以一個外國人身分而在中國這塊土地上任官。

附錄

（一）揚州城

從泰州發足，向東南騎行一日，終抵揚州。城甚廣大，所屬二十七城，皆良城也。此揚州城頗強盛，大汗十二男爵之一人駐此城中，蓋此城曾被選為十二行省治所之一也。應為君等言者，本書所言之馬可・波羅閣下，曾奉大汗命，在此城治理亙三整年。居民是偶像教徒，使用紙幣，恃工商為活。製造騎尉、戰士之武裝甚多，蓋在此城及其附近屬地之中駐有君主之戍兵甚眾也。

此外無足述者，後此請言西方之兩大州，此兩州亦在蠻子境內。茲請首述名稱南京之城。

（二）南京城

南京是一大州，位置在西。居民是偶像教徒，使用紙幣，臣屬大汗，恃商工為活。有絲甚饒，以織極美，金錦及種種綢絹，是為一富足之州。由是一切穀糧皆賤。境內有野味甚多，且有虎。有富裕之大商賈包辦其所買賣商貨之稅額，君主獲有收入甚巨。

此外無足述者，茲從此地發足，請言甚大之襄陽府城。此城甚在本書著錄，蓋有關係此城之一大事必須敘述也。

（三）鎮江府城

鎮江府是一蠻子城市，居民是偶像教徒，臣屬大汗，使用紙幣，恃商工為活。產絲多，以織數種，金錦絲絹，所以見有富商大賈。野味及適於生活之百物皆饒。其地且有聶思脫里派基督教徒之禮拜堂兩所，建於基督誕生後之一二七八年，茲請述其緣起。

是年耶穌誕生節，大汗任命其男爵一人名馬薛里吉思者，治理此城三年。其人是一聶思脱里派之基督教徒，當其在職三年中，建此兩禮拜堂，存在至於今日，然在以前，此地無一禮拜堂也。茲置此事不言，請先言一甚大之城，名曰鎮巢軍。

(四)蘇州城(節錄)

蘇州是一頗名貴之大城，居民是偶像教徒，臣屬大汗，恃商工為活。產絲甚饒，以織金錦及其他織物。其城甚大，周圍有六十里，人煙稠密，至不知其數。假若此城及蠻子境內之人皆是戰士，將必盡略世界之餘土，幸而非戰士，僅為商賈與工於一切技藝之人。此城亦有文士、醫師甚眾。此城有橋六千，皆用石建，橋甚高，其下可行船，甚至兩船可以並行。此城附近山中饒有大黃，並有薑，其數之多，物搦齊亞錢一枚可購六十磅。此城統轄十六大城，並商業繁盛之良城也。此城名稱蘇州，法蘭西語猶言「地」，而其鄰近之一別城行在，則猶言「天」，因其繁華，故有是名。行在城後此言之。

第三課 徐霞客遊記・閩遊日記

徐弘祖

概說

徐弘祖（西元一五八六～一六四一年），字振之，號霞客，江陰（今江蘇）人，明代著名的旅行家、地理學家和文學家。自幼好學博覽圖經地志群書，尤其喜愛輿地志及山海圖經，對歷史、地理和探險遊記一類的著作尤感興趣。萬曆三十六年（西元一六〇八年），二十二歲，棄科舉開始外出旅遊，三十多年間，探幽窮勝、披奇擇奧，遍遊各名山大川，足跡所到，東至洛迦山，西至騰衝西境，南及雲、貴、兩廣等，北到盤山，在大半個中國的土地上都留下足跡，把自己的畢生精力全部貢獻給旅行考察事業。他將自己對山川風物之觀察所得，按日詳實而生動地記載於日記中；志在考其形成、水文、地質、植物。死後，日記由季夢良整理成書。吳江潘耒言其「窮途不憂，行誤不悔，瞑則寢樹石之間；飢則啖草木之石。不避風雨，不憚虎狼，不計程期，不求伴侶，以性靈遊，以軀命遊，亙古以來，一人而已」（《徐霞客遊記序》）。

《徐霞客遊記》為遊記專著中不朽之名著之一，該書是徐霞客根據自己的親身遊歷，以日誌的形式撰寫而成的遊記。《徐霞客遊記》內容豐富，涉及徐霞客所到之處的地理、地貌、地質、水文、氣候、物產、政區、交通運輸以及社會生活等各方面的情況。徐霞客對自己的遊蹤，包括方位、路線和里距等都有詳盡的記載，對各省間的交通幹道也作出專門介紹。他以生動的文字，詳細並準確地記錄了明朝豐富的自然資源和地理景觀，是中國文化寶庫中閃光的瑰寶。本書長達六十九萬字，敘述質樸，生動，被清代學者錢謙益謂「徐霞客為千古奇人，遊記乃千古奇書。」

《徐霞客遊記》「世間真文字，大文字，奇文字」，其中我國西南石灰岩地區地貌的紀錄，更是世界科學史最早出現關於岩溶地貌研究的寶貴文獻。其遊跡嘗到人之所不能到，其文章能寫人之所不能寫。

閩遊日記（節錄）

崇禎[1]改元之仲春，發興爲閩、廣遊。二十日，始成行。三月十一日，抵江山之青湖，爲入閩登陸道。十五里，出石門街，與江郎[2]爲面，如故人再晤。十五里，至峽口，已暮。又行十五里，宿於山坑。

十二日二十里，登仙霞嶺。三十五里，登丹楓嶺，嶺南即福建界。又七里，西有路越嶺而來，乃江西永豐道，去永豐尚八十里。循溪折而東，八里，至梨嶺麓；四里，登其巔。前六里，宿於九牧。

十三日三十五里，過嶺，飯於仙陽。仙陽嶺不甚高，而山鵑麗日，頗可愛。飯後得輿，三十里，抵浦城，日未晡也。時道路俱傳泉、興海盜爲梗，宜由延平上永安。余亦久蓄玉華[3]之興，遂覓延平舟。

十四日舟發四十里，至觀前。舟子省[4]家早泊，余遂過浮橋，循溪左登金斗山。石磴修整，喬松豔草，幽襲襟裾。過三亭，入玄帝宮，由殿後登嶺。兀兀中懸，四山環拱，重流帶之，風煙欲暝，步步惜別！

十五日辨色[5]即行。懸流鼓楫，一百二十里，泊水磯。風雨徹旦，溪喧如雷。

十六日六十里，至雙溪口與崇安水合。又五十五里，抵建寧郡。雨不止。

十七日水漲數丈，同舟俱閣[6]不行。上午得三板[7]舟，附之行。四十里，太平驛，四十里，大橫驛，過如飛鳥。三十里，黯淡灘，水勢奔湧。余昔遊鯉湖過此，但見穹石[8]崿峙，舟穿其間，初不謂險；今則白波山立，石悉沒形，險倍昔時。十里，至延平。

十八日余以輕裝出西門，爲玉年洞遊。南渡溪，令奴攜行囊，由沙縣上水至永安相待。余陸行四十里，渡沙溪而西。將樂之水從西來，沙縣之水從南來，至此合流，亦如延平之合建溪也。南折入山，六十里，宿三連鋪，乃甌寧、南平、順昌三縣之界。

十九日五里，越白沙嶺，爲順昌境。又二十五里，抵縣。縣臨水際，邵武之水從西來，通光澤；歸化之水從南來，俱會城之東南隅。隔水望城，如溪堤之帶流也。循水南行三十里，至杜源，忽雪片如掌。十五里，至將樂境，乃楊龜山故里也。又十五里，爲高灘鋪。陰霾盡舒，碧空如濯，旭日耀芒，群峰積雪，有如環玉。閩中以雪爲奇，得之春末爲尤奇。村氓市媪，俱曝日提爐；而余赤足騰踔，良大快也！二十五里，宿於山澗渡之村家。

二十日渡山澗，溯大溪南行。兩山成門，曰莒峽。溪崖不受趾，循山腰行。十里，出莒峽鋪，山始開。又十里，入將樂。出南關，渡溪而南，東折入山，登滕嶺。南三里，爲玉華洞。先是過滕嶺，即望東南兩峰聳立，翠壁嶙峋，迥與諸峰分形異色。抵其麓，一尾橫曳，迴護洞門。門在山坳間，不甚軒豁[9]，而森碧上交，清流出其下，不覺神湛骨冷。山半有明臺庵，洞後門所經。余時未飯，復出道左登嶺。石磴縈松，透石三里，青芙蓉頓開，庵當其中。飯於庵，仍下至洞前門，覓善導者。乃碎斵松節置竹簍中，導者肩負之，手提鐵絡，置松燃火，燼輒益之。初入，歷級而下者數尺，即流所從出也。溯流屈曲，度木板者數四，倏隘倏穹，倏上倏下；石色或白或黃，石骨或懸或豎。惟「荔枝柱」、「風淚燭」、「幔天帳」、「達摩渡江」、「仙人田」、「葡萄傘」、「仙鐘」、「仙鼓」最肖。沿流既窮，懸級而上，是稱「九重樓」。遙望空濛，忽曙色欲來，所謂「五更天」也。至此最奇，恰與張公洞由暗而明者一致。蓋洞門斜啓，玄朗[10]映徹，猶未睹天碧也。從側嶺仰矚，得洞門一隙，直受圓明。其洞口由高而墜，弘含奇瑰，亦與張公洞同。第[11]張公森懸詭麗者，俱羅於受明之處；此洞眩巧爭奇，遍布幽奧，而闢户更拓。兩洞同異，正在伯仲間也。拾級上達洞頂，則穹崖削天，左右若青玉赬膚，實出張公所未備。下山即爲田塍[12]。四山環鎖，水出無路，汩然中墜，蓋即洞間之流，此所從入也。復登山半，過明臺庵。庵僧曰：「是山石骨稜厲，透露處層層有削玉裁雲態，苦爲草樹所翳，故遊者知洞而不知峰。」遂導余上拾鳥道，下披蒙茸，得星窟焉。三面削壁叢懸，下墜數丈。窟旁有野橘三株，垂實纍纍。從山腰右轉一二里，忽兩山交脊處，棘莽四塞，中有石磴齒齒，縈回於夾石間。仰望峰頂，一筍[13]森森獨秀。遂由洞後穹崖之上，再歷石門，下浴庵中，宿焉。

注釋

❶崇禎：明思宗年號，是年戊辰，西元一六二八年。

❷江郎：指江郎山，又名須郎山。傳說有江氏兄弟三人登巔化石，因名。

❸玉華：洞名。在今福建省天階山下，由六個洞穴組成，內有陰河三條。

❹省：音ㄒㄧㄥˇ，探望。

❺辨色：指天亮，能辨別出天色明暗之時。

❻閣：通「擱」，停止。

❼三板：即舢舨。
❽穹石：大石。
❾軒豁：形容高大寬敞。
❿玄朗：高朗，曠達。
⓫第：但是。
⓬田塍：指田地。塍，音ㄔㄥˊ，田間土埂。
⓭筍：指石筍。石灰岩地形中，由上而下而累積成形的謂之「鐘乳」，由下而上累積成形的謂之「石筍」。

綜合討論

中國古代不乏聲名遠揚的大旅行家。漢代的張騫出使過西域，晉朝的法顯和唐朝的玄奘都去過佛教聖地印度，明朝的鄭和七次下西洋，但這些人不是奉帝王之命出行，就是為了宗教信仰求取真經，主要目的並不是為了進行地理學的考察探索，只有徐霞客堪稱中國古代歷史上，地學探險家之第一人。

〈閩遊日記〉為徐霞客第三次遊福建的旅遊紀錄。在徐霞客一生中，宦遊四海三十年，去得最多的就是福建。自萬曆四十四年（西元一六一六年）至崇禎六年（西元一六三三年）共五次入閩，本篇所記乃徐霞客第三次遊福建時之行跡。福建雖多山，但除了武夷山外沒有其他名山，看不到如五嶽般的雄偉或壯麗的景色氣勢，所以徐霞客沒有著力描述福建的群山，而將重點擺在作者興趣所在的「玉華洞」。大家都知道遊記中對岩溶地形地貌的考察，是書中作者遊覽考察最主要的對象，本篇之引人矚目的重點即在此。而在徐霞客名山遊記中，有關岩溶地貌記載的只有嵩山登封的石淙與玉華洞二處，且描述最詳盡的當屬玉華洞。所以在本篇遊記中描述了玉華洞中的石色、石骨及維妙維肖的石筍、石柱、石鐘乳等，與我們現在看到的玉華洞岩溶景觀，仍和徐霞客當時描寫的基本相同。徐霞客除了從正面描寫洞內的奇景異石，也從側面將玉華洞與宜興的張公洞進行比較，將不尋常的特色顯示出來。

附錄

（一）遊五臺山日記（節錄）

癸酉七月二十八日出都，為五臺遊。越八月初四日，抵阜平南關。山自唐縣來，至唐河始密，至黃葵漸開，勢不甚穹窿矣。從阜平西南過石梁，西北諸峰復嵱嵷起。循溪左北行八里，小溪自西來注，乃捨大溪，溯西溪北轉，山峽漸束。又七里，飯於太子鋪。北行十五里，溪聲忽至。回顧右崖，石壁數十仞，中坳如削瓜直下。上亦有坳，乃瀑布所從溢者，今天旱無瀑，瀑痕猶在削坳間。離澗二三尺，泉從坳間細孔汩溢出，下遂成流。再上，逾鞍子嶺。嶺上四眺，北塢頗開，東北、西北，高峰對峙，俱如仙掌插天，惟直北一隙少殺。復有遠山橫其外，即龍泉關也，去此尚四十里。嶺下有水從西南來，初隨之北行，已而溪從東峽中去。復逾一小嶺，則大溪從西北來，其勢甚壯，亦從東南峽中去，當即與西南之溪合流出阜平北者。余初過阜平，捨大溪而西，以為西溪即龍泉之水也，不謂西溪乃出鞍子嶺坳壁，逾嶺而復與大溪之上流遇，大溪則出自龍泉者。溪有石梁曰萬年，過之，溯流望西北高峰而趨。十里，逼峰下，為小山所掩，反不睹嶙峋之勢。轉北行，向所望東北高峰，瞻之愈出，趨之愈近，峭削之姿，遙遙逐人，二十里之間，勞於應接。是峰名五岩寨，又名吳王寨，有老僧廬其上。已而東北峰下，溪流溢出，與龍泉大溪會，土人構石梁於上，非龍關道所經。從橋左北行，八里，時遇崩崖矗立溪上。又二里，重城當隘口，為龍泉關。

（二）遊太華山記（節錄）

出省城，西南二里下舟，兩岸平疇夾水。十里田盡，萑葦滿澤，舟行深綠間，不復知為滇池巨流，是為草海，草間舟道甚狹，遙望西山繞臂東出，削崖排空，則羅漢寺也。又西十五里，抵高嶢，乃捨舟登陸。高嶢者，西山中遜處也。南北山皆環而東出，中獨西遜，水亦西逼之，有數百家倚山臨水，為迤西大道。北上有傅園；園西上五里，為碧雞關，即大道達安寧州者。由高嶢南上，為楊太史祠，祠南至華亭、太華，盡於羅漢，即碧雞山南突為重崖者。蓋碧雞山自西北亙東南，進耳諸峰由西南亙東北，兩山相接，即西山中遜處，故大道從之，上置關，高嶢實當水埠焉。

余南一里，飯太史祠。又南過一村，乃西南上山，共三里，山半得華亭寺。寺東向，後倚危峰，草海臨其前。由寺南側門出，循寺南西上，南逾支隴入腋，共二里，東南升嶺，嶺界華亭、太華兩寺中而東突者。南逾嶺，西折入腋湊間，上為危峰，下盤深谷，太華則高峙谷東，與行處平對，然路必窮極西腋，後乃東轉出。腋中懸流兩派墜石窟，幽峭險仄，不行此徑不見也。轉峽，又東盤山嘴，共一里，俯瞰一寺在下壑，乃太平寺也。又南一里，抵太華寺。寺亦東向，殿前夾墀皆山茶，南一株尤巨異。前廊南穿廡入閣，東向瞰海。然此處所望猶止及草海，若瀠瀠浩蕩觀，當更在羅漢寺南也。

第四課　天涯海角——給福爾摩沙（節錄）

簡媜

你所在之處，即是我不得不思念的天涯海角。

概說

簡媜（西元一九六一年十月九日～），本名簡敏媜，生於臺灣宜蘭縣冬山河畔，臺灣大學中文系畢業，現專事寫作。簡媜自稱是「無可救藥的散文愛好者」，其創作多元多變，題材從鄉土親情、女性書寫、教育親子，到城鄉變異、社會觀察、家國歷史、生老病死，是臺灣當代重要的散文作家。曾經擔任《普門》雜誌、《聯合文學》、「遠流出版社」與「實學社」的編輯，簡媜也曾與陳義芝、張錯等人創辦「大雁出版社」。大雁書店創辦人、遠流出版公司大眾讀物叢書副總編輯、實學社編輯總監。自西元一九八五年出版《水問》（洪範書店）起，著有《水問》、《只緣身在此山中》、《月娘照眠床》、《私房書》、《下午茶》、《夢遊書》、《胭脂盆地》、《女兒紅》、《頑童小番茄》、《紅嬰仔》等二十餘部散文專著，曾獲吳魯芹散文獎、時報文學獎、國家文藝獎等，其中代表作有：《胭脂盆地》、《女兒紅》、《紅嬰仔》、《天涯海角》、《好一座浮島》、《老師的十二樣見面禮》、《誰在銀閃閃的地方，等你》。

《天涯海角——福爾摩沙抒情誌》一書，很難定位是小說還是散文，甚至是圖文書。全書用分章的散文寫一個相同主題的故事，而且有著優美如詩的敘述情境。論者以為「作者對山川河流，故人往事，以如詩的抒情筆端，第一次負載了深沉的歷史重量，探索家族歷史，從立足之地確認自身位置，開展出氣魄恢弘，筆力萬鈞的氣勢。然其使用史料典故之際，仍包容濃烈之柔情，溫柔繾綣，充分顯露其對家國鄉土之熱愛與思索，實為作者創作歷程之又一里程碑。不用歷史圖片，而以作者親手繪製的圖像大量穿插在文字敘述中，既樸拙可喜，又使得史志兼得想像之趣。」

1春之哀歌

春，已投海自盡，人說她畏罪。

當百年森林一夕之間被山鼠囓盡，成群野鳥在網罟懸翅；溪川服食過量之七彩毒液，大批遊魚在河床曝屍。那千里御風而來的春婦，蓬首垢面於島嶼上空痛哭：「福爾摩沙！你遺棄我！福爾摩沙！何以故？」

遂降於山顛谷腹。紅檜斬首後，血流成河漫過她的足踝；折翅的蝶體在礫谷上堆積成塚，任螻蟻搬運屍臭。遠方小鎮升起濃煙，百萬隻串烤鶺鴒清燉嫩鴿，滿足人們對和平的慾望。煙塵瀰漫天空，令群花褪色，樹蟬自動割喉。

時在五月，一名少婦自名爲春，枯槁於雜草叢生的死湖，在蚊蚋聲中，散髮哀歌：

……………

2 蘭嶼古謠

夕陽掉入太平洋，太平洋浮出一顆紅人頭❶，頭上熱帶雨林固守這古老火山島。珊瑚礁星羅棋布，好比女巫的黑腳趾，站在銀白浪裡，日夜向洄遊的魚群招手：「啊！雅美❷的祖先善於造雕紋舟，造舟爲了在海上行走，在海上行走爲了捕魚，嗬喲嗬喲！鬼頭刀、浪人鰺，還有漂亮的白飛魚。」

晚風習習，族人以歌待客。

祖母綠的芭蕉葉，我們叫他福爾摩沙。芭蕉葉甩了一顆大露珠，噫！就是Botol Tobago，這是土語。日本人叫我們雅美族，我們是快樂的捕魚人，會說こんにちは；聽不懂閩南語，學了一點點國語，會唱三民主義，認得新臺幣。外國人最愛坐飛機，坐飛機來問我們 How much？你要去殺蛇山抓紅角鴞，還是要買晒魚架上的燻飛魚？妳的竹簍這麼大，要裝水芋頭還是大法螺？啊！希．亞羅索維有兩粒小石頭，比我更聰明的小石頭。我現在要到涼台上唱很多條歌，等我心情好一些，再告訴妳希．亞羅索維的小石頭。啊！我的神喲！請禰讓我唱得很流利，不要唱錯。

黃毛豬散步於海濱公路，尋覓豬母藤及波羅蜜，踩扁五四三二一個可口可樂空罐頭，傍晚就自動回到國民住宅旁邊的窩。原始部落沒有廁所，灌木叢裡任君選擇。晒魚架上齊整地掛晒男人魚與女人魚，男人女人都愛唱歌，小心地收藏tobaco。卵石鋪設的空庭上，種著白艾草，豔紅的日頭花一朵朵。庭上豎立大石板，有的立有的臥，據說是望夫石，坐在石上唱唱歌，等候雕紋舟自海面平安歸來；或云石板數目表示家人有幾個，倒塌的石板表示有人永遠不再回來。每一造木屋三大落，茅草涼台面對著大海洋，等候文明的浪潮沖來一波波遊客。工作房裡可以舂小米，強壯的少年吃了會長肉，跨過海洋去臺灣找工作。四五年才找齊一百五十塊好木頭，蓋了主屋要一代一代地打掃乾淨。每座木屋都有很長的故事以及族人相互祈福的歌，並且驕傲地用古謠慶賀新屋落成。曾經，長子以雄渾的聲音起頭：「我把印度鞭藤做的圓環掛在父親肩上，我繼承祖先留傳的宅地、金片和財產，希望我的子孫繼續住下去，新宅內增加許多財富。」年邁的父親以光榮的高音唱和：「啊！我的斧頭最銳利，我天天到山上伐木蓋房子，我開墾水田不敢懶惰，還養很多豬、很多羊，我分配給大家。」帶著貝殼鍊的母親迫不及待地唱：「我早上很早起床，直到天黑都勤勞工作，照顧我們的水芋田，我的男人手拿咬人狗❸把害蟲趕走，我會背起水藤簍把水芋一粒粒地採收，收成的水芋分配給大家，大家都讚美我，我並不值得讚美，實在很不好意思啦！」於是執禮的老者伸展雙臂唱出趕惡靈歌，卻在最後，模仿惡靈的口氣唱著：「雖然你造了這個房子，可以住到很老，但終有一天你會離開這個房子！」

古謠趕不走惡靈，終有一天族人都會離開部落搬入水泥建築，並且打造最安全的防盜鎖。臺灣來的同胞要選購民俗文物必須趁早，煙燻的陳年水椰壺懸在工作屋，五十元新臺幣，老婦人雙手奉給你，帶回臺北標價一千五。既然閩南民家的豬槽可以養蓮花，廟宇的雕菱窗掛在大廈裡當版畫，丁字褲也夠寬，鋪在茶几上喝老人茶。文明成功地估價了原始，而原始不斷地販賣自己，所以公路邊縣政府的告示牌只會對遊客恫嚇❹，請勿購買八角禮帽或驅趕惡靈的雕紋刀、水藤兜與藤甲、陶壺與八字冶金飾。但遠洋商船來過，國寶級蝴蝶蘭與金鳳蝶大量減少。婦女頸項所戴的，一根線頭穿著塑膠鈕釦，多彩的貝螺項飾圈在手上兜售。啊！芋頭之後，燻魚之後，椰子之後，tobaco! tobaco!

「歌謠會不會再度繚繞國民住宅？黃昏時坐在涼台上看海，八點整會不會被連續劇取代？當大同瓷器比雕紋木盤晶亮，外銷成衣比煙塵染布耐穿，有誰願意告訴我希・亞羅索維的小石頭？」拾荒婦問。

礁岩錯落成一泓清潭，海蛇與鰻魚在潭底棲息，陽光遊走於海面，像一名執鏡頑童探測魚群發光的祕密。三兩個大眼睛的小孩快樂地裸泳，爭著在石頭上寫下姓名，水漬轉眼被陽光沒收，留下一則古老的雅美神話，說有一個叫希・亞羅索維的年輕人上山砍柴，拾獲兩粒會打架的小石頭。黃昏時，族人捕魚歸來，圍坐在希・亞羅索維的涼台上分食椰肉，觀賞石頭摔角。奇石的消息不知怎地流傳到海外，一艘外島船帶來金片、瑪瑙買走小石頭，就這樣，希・亞羅索維每到黃昏就對著海洋痛哭，因爲蘭嶼再也找不到會打架的小石頭。黑皮膚的海洋兒童快樂地訴說祖先的故事，潛入潭底拾來一枚大貝殼，友善地放入拾荒老嫗的竹簍，又怯怯地伸出一根指頭，十塊錢或是一包tobaco?

啊！飛魚會不會再次向雅美的族人託夢，說惡靈已經悄悄回來？

……

4 臺北搖滾

「如此這般的走著，在天空和地面之間，你是一個城市英雄；如此這般地活著，在未來和過去之間，你是一個城市英雄。」無所謂地閱讀股票大幅漲停，無所謂地分期貸款一間公寓三十多坪，無所謂地娶妻生子不堅決反對外遇，無所謂地討論年終獎金或愛滋病。內閣是否改組無所謂，只要示威遊行不阻塞忠孝、仁愛、信義、和平，無所謂地準時回家吃晚飯，新聞報導裡選舉造勢像一場免費電影，氣象預測明天會下無所謂的暴雨，連續劇有愛有恨非常無所謂，其實明天帶不帶傘出門再決定，要不要去大陸投資無所謂，每年三月要報綜合所得稅，如此這般地走著，走累之後死在哪裡無所謂。

自從排名世界第十二貿易強國，首都臺北早已展現撩人身姿，準備擠進國際舞臺。這個豔光四射的都市，如一名一夜之間致富的貴婦，成爲世界各主要城市忠實的消費者。懂得選購巴黎最新流行服飾，關心多變的天氣是否影響用來製造皮鞋的義大利牛隻，每天下午三點鐘細細地啜飲英國皇家紅茶，討論美國乾旱何時解除或蕾莎如何馴服了戈巴契夫？臺北臉上看不見歷史的汗斑，所以盡情選用外來文化化妝，如果多明哥的首席歌劇院能夠治癒困擾多年的飽嗝，颱風擊潰基隆河堤，洪水淹了辦公大樓，表示臺北正流行解構。所以，四線林蔭大道上長出高麗菜，數百隻母雞啄破進口轎車的輪胎，證明農民也懂得後現代！

解嚴之後，人人皆有發燒的本能，要求權力重新架構並且在利益的鼎鑊裡分一杯羹。如果臺北是一部龐大機器，誰能描述它要生產的是什麼東西？當環球性的選美在掌聲中圓滿閉幕而一場火爆衝突卸下立法院的匾額，誰能分析到底應該歡喜還是憂慮？最高明的丈量師能否計算多少平方公里的土地已成爲殖民地？誰來凝結上一代的血淚與這一代的汗水，告訴下一代除了外匯存底還留下更值得驕傲的東西？誰能預測完整的中國流的是長江還是淡水河？如果暢銷作品等同於麥當勞漢堡能迅速解餓，誰來往焚化爐爲夭折的靈魂默哀？要經歷多少黎明與黑夜的鞭笞[5]，臺北才能悠然醒來，在歷史巨冊二十世紀那一頁，朗誦一首偉大城市才寫得出的史詩。

但是燈火與聲色交織的夜已經悄悄降臨。狂飆少年占領道路以證明存在，而胭脂女孩正沉醉於雷射舞臺。穿過喧囂夜市，拾荒婦終於來到玻璃帷幕大廈的頂樓，卻驚見時間已酒醉在避雷針上，以疲軟的手勢招呼這名無處投宿的流浪婦，並讚賞她竹簍最適合丟擲空啤酒罐頭。霓虹仍舊製造機械繁華，芒光在她頭上灑成白霜。末世紀的夜逐漸深沉，明日是否有太陽自海平面東升？時間之神搖搖頭，說：把存在交給菸頭去燃燒，福音書就是酒精成分的液體麵包，至於未來，去凱達格蘭大道打聽吧，我這兒不是選民服務處，無須嘮叨。

5夏之獨白

我多情的母親沉海自盡，尋找人間赤子前來撈屍的拾荒婦遲遲未歸。我是被棄的遊魂，在父與母絕裂之後找不到誕生的洞口。我背誦母親的戀歌，福爾摩沙是我們鍾愛的島國，我祈求太平洋的波濤拍擊福爾摩沙的額，父親啊！賜我面目賜我英勇的名姓！而春季將盡，我雖然纏繞於母親身側猶無法阻擋噬肉的鹹波，鯨吞之中我眼見春天已腐朽，盟誓過的恩情化爲烏有。

我要偕著母親的靈魂越過海洋而去，母親啊！切勿頻頻回頭。我已吩咐，閃電不必追趕，天空的雷無須等待，因爲，春與夏永遠不會回來！

注釋

❶紅人頭：蘭嶼舊稱紅頭嶼，即指此。後因島上盛產蝴蝶蘭因改稱蘭嶼。

❷雅美：原住民族之一，現正名為達悟族。

❸咬人狗：屬蕁麻科。為多年生常綠木本植物，樹皮粗糙，葉叢生於枝端。咬人狗的可畏之處在於葉子背面的刺毛，一旦觸到，會有很難忍受之疼痛感與灼熱感。在臺灣的恆春極易發現這種植物。

❹恫嚇：虛張聲勢，恐嚇他人。音ㄉㄨㄥˋ　ㄏㄜˋ。

❺鞭笞：用鞭子抽打，此指鞭策驅使。笞，ㄔ，用鞭子或竹板打。

綜合討論

時間不斷推移向前，當前我們身處的臺灣島嶼又是如何呢？眼前當我們生存的這塊安身立命之地，除了面對大自然的侵襲之外，人為的破壞也是目今城市發展的殺手。從本篇我們可以感受到作者憂心社會因經濟浪潮的席捲，導致人文素養與歷史關懷被淹沒，人們只懂汲汲營營，追逐時尚風向，因此她寫下了〈天涯海角〉此篇，以如詩的筆觸及戲謔的口吻寫出了臺灣這塊島嶼目前的亂象，以及自己的衷心期盼。正如她說：「誰來凝結上一代的血淚與這一代的汗水，告訴下一代除了外匯存底還留下更值得驕傲的東西？」

作者直指臺灣人短視近利，忽視了本土文化，一味的崇洋。我們現在已經看不到快樂的蘭嶼人哼歌，在繁華的臺北城市中，只留下了治安的敗壞，在繁華的街道上，藏有著許多危機卻無人能提前領悟社會現象。如果有識者如作者或是你，該如何喚起臺灣人的良知，正視其價值，發展本土特色之文化，建立臺灣人應有之價值與尊嚴，是現代臺灣人必須嚴肅面對的課題。

單元十

自然與生活環境

單元大意

在這個地球上，人類僅是自然環境的一分子，不應以優越的征服者自居，而應該與其它物種和平共存。環視我們生活的周遭，存在著不同的生命物種，彼此有所關聯、需要，互相影響、牽涉，人類無法自外於整個自然環境而獨自存活下來。

面對我們賴以生存的自然環境時，人類應該抱持著什麼樣的態度呢？

面對自然環境，我們以往提出「人定勝天」的口號，期待某項人工建設可以達成目標。或許就某一小部分而言，人類的確完成了開通、穿鑿、移除等險峻的工程，但是，殊不知肉眼所未見的地方，或者經歷一段年歲以後，這些原先引以自豪的工程，隱隱埋下了難以預測的崩毀。征服自然的掠奪觀念已然過時了，而且是妄想的與危險的。被譽為近代環保教育之父的李奧帕德（Aldo Leopold，1887-1943年）在其《沙郡年記：李奧帕德的自然沉思》（天下文化出版）一書提出了萬物有其自然權的土地倫理概念，人類與其他生物皆是整體群集的成員和公民，彼此互相依賴，人類和土地之間要達到和諧的狀態。

其實，欣賞萬物、尊重大地、適度取用的觀念，已見於我們的先秦時期，例如《莊子・知北遊》說：「天地有大美而不言，四時有明法而不議，萬物有成理而不說。聖人者，原天地之美而達萬物之理。」天地間的萬事萬物自有其存在的意義與價值，人類何其有幸地可以取用之，以為生存的資源，除了要心存感恩，更要尊敬自然環境裡的其它物種，才能使得整個生存環境得以永續經營下去。因此，當執政者為民積極置產的同時，也要考量自然環境的負荷情形，於是《孟子・梁惠王（上）》說：「不違農時，穀不可勝食也；數罟不入洿池，魚鱉不可勝食也；斧斤以時入山林，材木不可勝用也。」正是這個道理，畢竟每一種生物都有其生存的空間與意義，在環保意識逐漸抬頭的今日，人類是該深層地自我反省了。

本單元揀選了三詩三文，希望讀者從這些作品中打開不同的視野，進而省思自我的生活上是否落實了自然保育？是否善盡群集的成員責任呢？在這個單元裡，「起而行」勝於「坐而言」，讓我們從自己做起，讓我們從自己生活的城市實踐起！

第一課　只能為你寫一首詩

吳晟

概說

本詩選自吳晟、吳明益主編的《溼地．石化．島嶼想像》一書，對於臺灣環保運動而言，此書的出版，為反對國光石化運動提供了細緻、理性的文本，藉以說服社會大眾。此書的正文前，除了有吳明益的編者序文，還有兩個珍貴的資料：其一，內政部營建署發展分署授權使用的《臺灣國家重要溼地地圖》；其二，有鹿文化公司編輯室製作的《八輕（國光石化）事件溯源及歷程》的時間表，時間軸從西元一九八九年至二〇〇九年，表中兼涉九〇年代以後的臺灣石化廠相關事件，為讀者提供縱覽之便。

本書的內容豐富，包含六部分：一、環境的聲音：我們的歌詩。二、不遠的殷鑑：六輕建廠始末。三、學者的觀點：八輕設廠評估報告。四、信息的傳播：報章媒體專文報導。五、喧譁的眾聲：石化工業論述選輯。六、島民的願景：許臺灣怎樣的未來。本書收錄了兩首吳晟關心臺灣環境的詩歌：本詩及〈煙囪王國〉，二詩是詩人以無比沉痛的心情寫下的環保類詩歌，分別被編列於書中的第一、第二部分。

吳晟，本名吳勝雄，民國三十三年（西元一九四四年）生，彰化縣溪州鄉圳寮村人。屏東農專畢業後，本想依從自己的興趣至臺北擔任編輯工作，因不忍寡母獨居鄉間，獨力承擔種作，又獨自背負家中債務，恰巧有機會留在家鄉任教，於是在彰化縣溪州國中任教生物科，直至民國八十九年（西元二〇〇〇年）從國中教職退休。他曾在多所大學兼課至民國九十五年（西元二〇〇六年）因病而調養身體，辭退兼任教職而專事耕讀。

吳晟曾幽默憶及寫作經歷，民國四十八年（初中二年級）時，領到第一筆稿費十元，開心請幾位好朋友吃陽春麵，同學為了吃麵經常鼓勵他投稿，因此磨練出寫作興趣。他在創作上兼寫詩文，林明德在其〈鄉間子弟鄉間老—論吳晟新詩的主題意識〉一文中表示，吳晟的創作常以詩文雙重奏的方式呈現，例如為了感念母親的辛勞，寫下詩歌〈手〉以及散文〈一本厚厚的大書〉，此即吳晟創作上詩文雙重奏的例子。新詩囿於格式，難免無法暢所欲言，散文可以進一步詮釋主題，這算是吳晟詩文創作的特色了。

疼惜臺灣這塊土地的吳晟，並非僅以創作提出其理念，他以實際行動支持環保運動，例如他的平地造林，栽植臺灣的原生樹種，如烏心石、臺灣肖楠、臺灣櫸木、臺灣毛柿等，當樹苗稍稍成樹，又陸續贈樹給鄰近學校和鄉公所，期能帶動環保生態概念，又能綠美化環境。又如邀請藝文界人士參加反國光石化運動，以生命捍衛土地，期能為後代子孫留下富含生命力的溼地。再如中科引水工程引發爭議時，吳晟與藝文界人士呼籲政府停止工程，以保護臺灣糧倉命脈。目前吳晟致力於將公墓打造成森林墓園，為年年飆高溫的臺灣島嶼，多留下一片綠蔭，為減緩地球暖化盡一己之力，可說是善盡大地公民之責了。

課文

這裡❶是河川與海洋
相親相愛的交會處

招潮蟹、彈塗魚、大杓鷸[2]、長腳雞
盡情展演的溼地大舞台
白鷺鷥討食的家園
白海豚近海洄游的生命廊道[3]

世代農漁民，在此地
揮灑汗水，享受涼風
迎接潮汐呀！來來去去
泥灘地上形成歷史
稍縱即逝的迷人波紋

這裡的空曠，足夠我們眺望
感受到人生的渺小
以及渺小的樂趣

這裡，是否島嶼後代的子孫

還有機會來到？

名爲「國光」的石化工廠❹
正在逼近，憂傷西海岸
僅存的最後一塊泥灘溼地
名爲「建設」的旗幟
正逆著海口的風，大肆揮舞

眼看開發的欲望，預計要
封鎖海岸線，回饋給我們封閉的視野
驅趕美景，回饋給我們
煙囪、油汙、煙塵瀰漫的天空
眼看少數人的利益
預計要，一路攔截水源
回饋給我們乾旱
眼看沉默的大眾啊，預計要

放任彈塗魚、招潮蟹、長腳雞
放任白鷺鷥與白海豚
甚至放任農漁民死滅
只爲了繁榮的口號

這筆帳
環境影響評估
該如何報告

而我只能爲你寫一首詩

多麼希望，我的詩句
可以鑄造成子彈
射穿貪得無厭的腦袋
或者冶煉成刀劍
刺入私慾不斷膨脹的胸膛

但我不能。我只能忍抑又忍抑
寫一首哀傷而又無用的詩
吞下無比焦慮與悲憤

我的詩句不是子彈或刀劍
不能威嚇誰
也不懂得向誰下跪
只有聲聲句句飽含淚水
一遍又一遍朗誦
一遍又一遍，向天地呼喚

注釋

❶這裡：指臺灣中部濁水溪注入臺灣海峽的一帶區域。

❷大杓鷸：杓，音ㄅㄧㄠ；鷸，音ㄩˋ。大杓鷸是瀕臨絕種的保育類水鳥，成群活動，棲息於海岸、河口、沼澤等水邊處，其喙細長下彎，有利於捕食招潮蟹。成語「鷸蚌相爭，漁翁得利」所說的即是這類水鳥。

❸白海豚近海洄游的生命廊道：中華白海豚屬瀕危物

種，又稱為印度太平洋駝背海豚，俗名媽祖魚，棲息聚集於苗栗至嘉義之間的各大河口。為了避免「國光石化開發案」擋住白海豚洄游路線，影響白海豚的生態環境，並保留臺灣西部的珍貴溼地給後代子孫，彰化縣環保聯盟蔡嘉揚理事長發起了「搶救白海豚，萬人認股」活動，表達對於物種、環境的愛惜。

❹「國光」的石化工廠：「國光石化開發案」是國光石化公司所提出的大型石化投資開發案，原先預計在雲林縣離島工業區興建石化工業區，因環評沒通過而後轉往彰化縣芳苑、大城，後因環評考量而被終止。

綜合討論

本詩有三節的開頭寫著「這裡」，「這裡」到底是哪裡呢？「這裡」是指彰化縣西海岸一帶的出海口，濁水溪注入臺灣海峽。國光石化公司所提出的「國光石化開發案」，原先預定地是在雲林縣，因為沒有通過環評而擬轉往彰化縣的芳苑、大城一帶，引發彰化在地人吳晟以及相關環保團體的反對抗爭，因為這片珍貴的溼地富含豐富的生命力，誠如詩人吳晟所說的招潮蟹、彈塗魚、大杓鷸、白鷺鷥、白海豚等物種棲息活動之處，不容高汙染的建設再傷害臺灣的土地了。

彰化縣是臺灣的糧倉之一，若環境遭受汙染，影響所及，受害的不僅是上述物種，當地所提供的農作物還有誰敢食用呢？農民的損失、國土的損失，如何估量？賠償得起嗎？一個國家的發達繁榮指標並非全然在有形的建設及其創造的利潤，珍貴的溼地資源何嘗不能帶來觀光利潤呢？多樣化的農作物何嘗不能提供物資所需？

吳晟期望在上位者、企業家能夠高瞻遠矚，莫把目光放在短淺處，成為不肖的祖先。臺灣之所以成為寶島，不是石化建設，不是煙囪與油汙。況且這片土地並非專屬於某些財團或某些政治人物，也不是我輩所能專用專享，這片土地還要流傳給後代子孫，我們每個人僅是短暫的過客罷了，哪有權利霸占臺灣的天然資源？誠如吳晟在其〈土地，從來不屬於〉一詩所說：「今日活著的我們／明日即將離去／何忍放任永無饜足的貪念／吞噬有限的山林溪流綠地／成為不肖的祖先／如何向子孫交代」，吳晟藉著詩歌發出沉痛的呼籲與怒吼。

第二課　控訴一枝煙囪

概說

本詩選自余光中詩集《夢與地理》（洪範書店出版），這是一首社會批評的思路，是詩人對於環境生態的關懷。《夢與地理》詩集是余光中的第十五本詩集，也是他從香港回臺灣西子灣定居後的第一本詩集，這本詩集曾榮獲第十五屆國家文藝獎。

余光中，福建省永春人，民國十七年（西元一九二八年）出生於江蘇省南京市，自稱為「一半的江南人」（〈蓮戀蓮〉），因其出生於農曆九月九日（重陽節），遂自稱為「茱萸的孩子」，在七十歲生日時，作者自喻為「詩翁」。在情感上，他以大陸為母親，而臺灣是妻子，香港是情人，歐洲則是外遇。臺灣大學外文系畢業，美國愛荷華大學（University of Iowa）藝術碩士，曾經獲選為十大傑出青年。民國七十四年（西元一九八五年），余光中應中山大學創校校長李煥先生之邀，離開執教十一年的香港中文大學，回國擔任中山大學文學院院長兼外文研究所所長，現在是中山大學外國語文學系的榮譽退休教授，主要講授課程是「浪漫時期詩歌」（Romantic Poetry）、十七世紀英詩（17th-Century English Poetry）、翻譯（Translation）等。

余光中重視國內學生的語文能力，曾經擔任「中華語文教育促進協會」第一、二屆理事長，他本著教育的良心，呼籲各界正視現今學子語文能力低落、文化視野狹隘的問題，期能維護國文教育的核心價值，他也是「搶救國文教育聯盟」的共同發起人之一。余光中的創作豐富，他優遊於詩歌、散文、評論、翻譯四大文類之中，他著有多種專書，創作面向多元化，尤以詩歌和散文著稱於世，至今創作不輟，其詩文作品時常被選入中學、大學的教科書中。

民國七十四年，余光中應聘至高雄中山大學任教，並選擇定居高雄。從此南臺灣的風土與景物，往往被寫入其詩歌裡。本文〈控訴一枝煙囪〉，反映高雄在工業發展下的面貌。此詩寫出高雄的空氣汙染，雖是在控訴，實則心痛、憂心，展現其地方關懷。

課文

用那樣蠻不講理的姿態
翹向南部明媚的青空
一口又一口，肆無忌憚
對著原是純潔的風景
像一個流氓對著女童
噴吐你肚子不堪的髒話
你破壞朝霞和晚雲的名譽
把太陽擋在毛玻璃的外邊
有時，還裝出戒煙的樣子
卻躲在，哼，夜色的暗處

像我惡夢的窗口，偷偷地吞吐
你聽吧，麻雀都被迫搬了家
風在哮喘，樹在咳嗽
而你這毒癮深重的大煙客啊
仍那樣目中無人，不肯罷手
還隨意揮[1]著菸屑，把整個城市
當作你私有的一只煙灰碟
假裝看不見一百三十萬[2]張
—不，兩百六十萬張肺葉
被你熏成了黑黶黶[31]的蝴蝶
在碟裡蠕蠕[41]地爬動，半開半閉
看不見，那許多矇矇[5]的眼瞳
　正絕望地仰向
連風箏都透不過氣來的灰空

七五・二・十六

❶撣：音ㄉㄢˇ，拂去塵埃。

❷一百三十萬：指寫作本詩時，作者對於高雄市人口統計的約略數字。

❸黑懨懨：懨音ㄧㄢ，困倦或憂鬱的樣子，此指人類肺部因吸入過多廢氣而呈現病態。

❹蠕蠕：蠕音ㄖㄨㄢˇ，又音ㄖㄨˊ，原本指蟲類微動緩行，引申為微動。

❺矇矇：矇音ㄇㄥˊ，原本指昏暗不明，引申為不明理、不清楚。

綜合討論

當年余光中剛應聘到中山大學時，起先住在高雄市區，因深受空氣及噪音汙染所苦，加上交通混亂，於是寫下了〈控訴一枝煙囪〉一詩。後來，他搬入了西子灣中山大學的宿舍，那兒依山傍海，可以俯瞰高雄港、縱觀臺灣海峽，於是開展了他聽天風海潮的日子。也許是面臨這樣開闊的海洋環境，作者感染了大高雄的豪氣與霸氣，在〈控訴一枝煙囪〉這首詩歌中，他並非從正面推銷他所居住的高雄，反而以負面的書寫，喚起國人重視高雄的環境保護，這是基於「愛之深」，才會伴隨而來的「責之切」。

本詩一開頭，作者即運用了擬人化的手法，指出煙囪以蠻橫不講理的姿態，「翹向南部明媚的青空／一口又一口，肆無忌憚」，這種恣意妄為，毫無顧忌的行徑，實在令人髮指。在作者的譬喻修辭之下，這個一味地噴吐廢氣的煙囪，就像是行為粗暴的流氓一樣，他竟然對著純真女童講出滿口髒話，簡直沒有文化水準可言，而高雄地區原本明媚的天空、純潔的風景，就這麼埋入烏煙瘴氣裡。狡猾的流氓耍弄的花招還真不少，有時假裝戒菸，讓旁人卸下了心防，其實，只是將其惡行化明為暗，讓大家不易察覺罷了，難怪作者嗤之以鼻地說了一聲「哼」，並且以鄙視的口吻揭露其可惡的行徑：「向我惡夢的窗口，偷偷地吞吐」，使得周遭環境受到極大的威脅：「麻雀都被迫搬了家，風在哮喘，樹在咳嗽」。

即使對大家已經造成了傷害，煙囪「仍那樣目中無人，不肯罷手」，他把整座城市當成自己的菸灰缸一樣，完全不在意高雄人是否遭受了健康的威脅，他說「假裝看不見一百三十萬張／一不，兩百六十萬張肺葉／被你熏成了黑懨懨的蝴蝶」，在這些詩句裡，余光中運用了譬喻法以指責沒有良心的業者，他們只顧著賺錢卻罔顧他人的生命。而飽受空氣汙染威脅的人們，「正絕望地仰向／連風箏都透不過氣來的灰空」。

第三課 漂流木

岩上

概說

本詩選自岩上的《漂流木》一書，這是岩上的第八本詩集。《漂流木》分為六輯，收錄詩人九十首新詩。《漂流木》詩集所收錄的詩歌，除了旅遊一類的詩歌外，其它詩作或與社會脈動緊密相關，或取材於日常生活中所見之物，或是詩人的人生哲學。以這本詩集的主題詩作〈漂流木〉來說，每當颱風肆虐臺灣之後，海岸邊滿布著大小不等的漂流木，詩人藉著林木遭受各種酷刑的摧殘，歷經流離飄蕩，暗指臺灣多舛的命運就如同漂流木一樣無根無依、傷痕累累。

岩上，本名嚴振興，民國二十七年（西元一九三八年）生，本籍臺灣嘉義，出生於臺南，現居於南投，畢業於臺中師範、逢甲大學，曾任中、小學教師，其教學地點主要以南投草屯為中心，教職退休後，專事寫作。曾經擔任《笠》詩刊主編。曾於西元一九七三年獲第一屆吳濁流文學新詩獎，其它所獲獎項如中興文藝獎章、南投縣文學獎（文學貢獻獎）等。岩上的創作以現代詩為主，也寫童詩、評論，詩集如《激流》、《冬盡》、《臺灣瓦》、《愛染篇》、《岩上八行詩》、《更換的年代》、《漂流木》等，作品譯成英、日、韓、德等多國語文，並且選入國內外重要詩選，兒童詩集如《忙碌的布袋嘴》；評論集如《詩的存在》、《詩的創發》。

就岩上的創作歷程而言，第一本詩集《激流》是精彩的起點，充滿了近乎超現實語言的創作。而後岩上在創作時，「不離人生，不離人間」，詩作聚焦於兩大主題：生命哲理的探索、社會現實的關照。在《漂流木》詩集中，收錄了詩人關懷臺灣現實世界的創作，例如在〈漂流木〉、〈消波塊的海岸〉詩中，岩上除了寫出了臺灣現實環境中突兀的畫面——風災後海岸邊滿布的漂流木，像拒馬一般擋在海岸邊的消波塊。詩人當然希望能夠讓山林就此止血，不再受到刀斧斫傷，他也期盼能夠再度看到姿態柔美的海岸線，而非圍堵防禦的消波塊。

課文

越獄山林的籓籬
逃脫土地盤根禁錮的圍殺
趁著暴風雨鞭狂飆的惡夜
他們統統臥倒
隨著洪水流竄

山岳的原鄉喚不回落跑的腳步
木的倒下
水的流刑
衝向溪
漂向海

漂流的屏息之間
一段一段斷頭截肢的酷刑
有的遁入收藏的密室
有的暴露於解體的木材廠
當洪水氾濫之後
林木血肉模糊，骨骸畢露
成爲垃圾，癱瘓海口

鋸子和斧頭
鑿子和雕刻刀
隨手揮揚
變形　形變　改造　造改
肌理餡露了血脈的夭折❶年輪❷
漂流木已失去山靈的護符
如棄國的浮萍

人們隨意雕刻自己的神
把漂流的
木頭
企圖塑造永恆
於澎湃的洪水濁浪之中

注釋

❶夭折：音ㄧㄠˇ ㄓㄜˊ，短命、早死。
❷年輪：木本植物的主幹，其生長速度因季節變化而快慢不一，在其橫切面上會形成深淺不一的同心環紋，稱之為「年輪」。通常一圈環紋意味著此樹生長一年，可從年輪的環紋總數看出此樹大約的生長年數。

綜合討論

每當風災之後，常常可從新聞媒體上得知大量的漂流木堆積於海岸邊、河床上、水庫裡。依據《森林法》第十五條規定：「天然災害發生後，國有林竹木漂流至國有林區域外時，當地政府需於一個月內清理註記完畢，未能於一個月內清理註記完畢者，當地居民得自由撿拾清理。」這時林管處的巡山員要進行漂流木的辨視、註記、集運等工作，除了執行公務，有的人撿拾漂流木以燒灶煮飯；有的人則把撿拾而來的漂流木求現變賣；藝術家則以漂流木作為創作的素材，賦予漂流木以新生命。

岩上的〈漂流木〉，取材於現實生活之中，在詩中運用了「轉化」（人性化）的修辭技巧，把物（漂流木）當作人來描述，使物（漂流木）具有人的動作行為—越獄、逃脫、臥倒、竄、落跑、倒下、夭折。讀者可以運用豐富的想像力，為漂流木的出走行為呈現出一連串的驚險畫面，漂流木甚至是遭受到斷頭截肢、暴露解體的酷刑，致使其血肉模糊、骨骸畢露，這些行為何其殘忍血腥。夭折了的林木，有的具有經濟價值，在木材廠裡被裁切，甚至被人收藏，雕鑿、改造成各種物件；有的不具經濟價值，被視如垃圾，在洪水氾濫之時，沖刷到岸邊，癱瘓了海口。在第五節裡，岩上運用譬喻（明喻）的修辭技巧，表示漂流木如同棄國的浮萍，浮萍無根，隨波逐流，與漂流木都是一樣失去了源頭、離開了原鄉，漂流在一片茫茫的水域中，不知漂向何方？

第四課 湖的故事

劉大任

本文選自《園林內外》，《園林內外》一書共收錄劉大任的五十篇文章，這些文章的創作時間橫跨了近二十年，亦即這是一本結集了作者二十年的園藝心得之作。就文章的編排而言，大致上是晚期作品在前、早期作品在後，這些作品多為作者發表在報刊上的專欄之作：《中國時報．人間副刊》的「三少、四壯集」、《壹週刊》的「紐約眼」。《園林內外》一書的內容，除了園林之外，還包括了與園林相關的物與情，兼具了西方人自然論（naturalism）的哲學觀點，以及中國傳統文人對於園林花事的品味與情趣，無論是文字的謀篇技巧，或者是種植的專業知識方面，堪稱別具一格。

劉大任，民國二十八年生（西元一九三九年），祖籍江西省，為旅美作家。畢業於臺灣大學哲學系，在美國加州大學柏克萊分校攻讀政治學博士學位時，因投入保釣運動而放棄學位。曾任職於夏威夷大學東西文化中心科學研究員、聯合國秘書處，一九九九年從聯合國的工作退休，其後專事寫作。他已出版的作品頗多，包括散文、小說、評論集，例如《園林內外》（時報文化出版）、《劉大任袖珍小說選——劉大任作品》（皇冠文化出版）、《走出神話國》（皇冠文化出版）等。他的散文兼具知識與感性，其中尤以運動、園林兩類題材著墨為多。

劉大任有蒔花弄草的雅興，他自謙是一位半調子的園丁，他認為園丁不能僅是紙上談兵、寫寫文章而已，還要實際與泥土接觸才行。為了找尋可供其施展的空間，他在四十歲以後才有足夠的積蓄，在紐約郊區丘陵地上購置了近一英畝的土地，進行規劃、翻查資料、從錯誤中學習，對於這塊夫妻二人共耕、經營了二十多年的土地，他栽種了各色品種的花木，並且稱這片土地為「無果園」，他說：「除了地上確無一棵果樹，也無非是說：這是座看不見『果』的『園』，除了自己，誰都無法真正欣賞。」其實，劉大任所謂的果實，是指他在經營園林過程時的一切收穫，以及在《園林內外》書中所收錄的幾十篇文章創作。

課文

我漸漸覺得，人與湖之間，可能有某種情結。究竟是什麼情節？爲什麼有了情節？老實說，我還不甚瞭然。或者不妨先說幾個故事。湖與人的故事。

一九九一年十月底，紐約麥迪遜廣場花園（體育館）舉行一連串搖滾樂募款演唱會。募款的目的之一，救華爾騰湖（Walden Pond）❶，阻止房地產開發公司在那裡毀林拓地，興建辦公園區。

華爾騰面積不大，才只十一英畝，不過是新英格蘭數以千計的小池塘之一，人稱「鍋湖」（Kettle Pond），大約是一萬年前冰川解凍留下的水窪子，既無天然資源，又非秀甲天下❷，然而，華爾騰卻是個文學名詞，因爲亨利・梭羅（Henry Thoreau）在那裡住過兩年兩個月，寫了一本書。

這本書，*Walden;or,a Life in the Woods*，臺灣早就有了譯本，譯名《湖濱散記》。這本書，一向被臺灣的文藝青年看成學習所謂「哲學深度」的文學書，其實內涵不只於此。

先說梭羅本人。除了清教徒氣質，他可能是最早抗拒工業文明侵襲的文人之一，也可能是少數以行動實現獨立自我的知識分子之一。當然，他還不只於此。

梭羅是一位程度不差的自然學家。在兩年多的隱居生涯裡，他並非只是玄思、靜坐。他仔細觀察並記錄了華爾騰湖的野生物動態，測量了水位的漲落和不同水深的溫度，並計算了溫度變化對華爾騰湖的生態影響。以梭羅當年擁有的粗糙工具而言（一八四五年七月至一八四七年九月），他的工作做得相當扎實。例如，當時一般人認為華爾騰是個淺池塘，他利用聲波繪製了一張表示湖底各處不同深度的圖表，證明湖深達一百零七呎。今天的科學家利用先進工具測量的結果，證明誤差極小。

除此之外，梭羅可能是第一個提出「公民不服從」（civil disobedience）❸並身體力行的人。他寧願坐牢也不肯繳稅，他聲明不能支持一個為了維繫奴隸制度而向墨西哥宣戰的政府。就這種高度技巧的政治鬥爭藝術而言，梭羅啓發了甘地的不合作運動和馬丁・路德・金博士的非暴力抗爭。他是和平運動的先驅。

然而，華爾騰湖現在成爲新聞，並不完全因爲大家忽然開始懷念梭羅，主要還是一位科學家的努力。

威斯康辛大學的馬喬瑞・溫克勒博士（Marjorie Winkler）繼承梭羅的自然史研究，她將一條塞滿了乾冰的管子插入湖底，讓沉積物在管內凍結成她從事分析的取樣。一九七九年，她取出來一段長達三十三吋，足以代表華爾騰湖六百年歷史的沉積物。這些年來，她的研究逐漸透露了一些信息—人類活動對環境造成的壓力。下面是她發現的一些要點：

• 早在十四世紀，人類已開始在華爾騰附近活動。溫克勒在沉積物中找到一種草本植物酸模（rumex）的花粉。這是印地安人食用的一種蔬菜。到了十七世紀歐洲白人墾荒者到來之前，酸模花粉數量大增，說明印地安人已經在華爾騰附近進行農業活動。

• 三百年前開始，隨著白人活動的增加，華爾騰區的白松（white pine）越來越多，而油松（pitch pine）漸減。白松的利用價值高，白人稱為「國王之松」，是船桅的上佳材料，油松則只能用來取暖。溫克勒推測，油松原來所以繁衍甚廣，是因為它不怕火災，天火之後有自然再生的能力。白人的滅火能力幫助了白松。

- 大概在一九一三年左右，湖區四周的栗樹突然失蹤。溫克勒斷定其原因為歐洲移民帶來的木料中引進了一種真菌，殺光了這一帶的栗樹。
- 在梭羅搬進木屋的前一年，通過湖側的的鐵路開始通車。溫克勒在湖底淤泥中找到了人造的物質—煤渣的炭屑。
- 從沉積物中含有微生植物的變化，測知華爾騰湖水質確實隨著人類活動頻繁而不斷惡化。華爾騰湖中的硅藻（diatoms）品種，越接近現在，抗酸能力越高。無抗酸能力的品種都已死滅，說明湖水已經受到酸雨的影響。
- 從現存的硅藻品種和其他微生物分析結果看來，發現湖中的氮和磷含量日益豐富。這種化學組成直接造成了藻類（algae）的大量繁殖，如果不加控制，最終會形成沃化現象（eutrophication），把所有動物殺死。而這些營養物，顯然來自人類的廚廁和農田排泄。

也許梭羅本人從來不曾想過，他自己的活動也直接造成華爾騰湖水的惡質化。然而，無論如何，華爾騰是因爲梭羅才引起人們的注意。溫克勒博士所以選擇它作爲移民對生態環境影響的研究對象，是否早已明白研究結果將對人們心目中的那個「又清又深的綠井」（梭羅語）激起巨大的反響？

再說一個湖的故事。

這個湖，不屬於任何人，但有人把自己一生最後二十年的歲月全部投入這個湖中。

皮埃爾・布里俠（Pierre Brichard）一九二一年生於比利時。第二次世界大戰前，開始跟著父親做魚類養殖實驗。一九四九年到西非剛果河流域一帶採集魚類標本（業餘嗜好），一九五五年正式下海，成爲向美國出口剛果流域熱帶魚的第一個專家。一九七一年，他帶著女兒米瑞爾（Mirielle，現已成爲魚類生物學家）離開札伊爾，到達中非洲的布隆迪，並在坦干尼卡湖（Lake Tanganyika）[4]邊的布仲布拉（Bujumbura）建立了水生物觀察研究收集站。

布里俠的研究站完全自給自足。他靠出口熱帶魚賣錢，用賺來的錢進行坦干尼卡湖的魚類調查、分類和研究。二十年下來，他成爲坦干尼卡湖魚類的第一號專家，寫了一本五百多頁的書：Cichlids and All the Other Fishes of Lake Tanganyika（《坦干尼卡湖的雪克里茲魚和其他魚類》）。到一九八三年六月止，經過他鑑定和分類的魚，光是雪克里茲魚類，已達兩百七十七個品種。長達兩千五百公里的湖岸線，他仔細踏勘過的僅五百公里，所以他預料，當全部湖區的探勘工作完成時，至少還應有五百個品種有待鑑定、分類。這個志願不幸未能完成，他在一九九〇年三月十四日去世，但他的女兒米瑞爾和女婿以及其他幾名助手卻在繼續努力。

同華爾騰相比，布里俠的這個湖可不是開水壺。坦干尼卡湖是縱貫紅海到非洲的大斷層中一系列湖泊之一。面積三萬四千平方公里，略小於臺灣，相當於海南島。湖不但大，而且水深，最深處接近一千五百公尺。在湖的西岸，距岸不到三公里，水深便到達一千公尺，因此整個湖的水域體積，大約是北海的一半，說它是內陸海也不爲過。尤其獨特的是這個湖的水質，酸鹼度達九點五，據布里俠調查，可能是水底六至八公尺到大約二十五公尺處岩石上一層含鈣的方解石結晶餅所造成。正因爲這個特點，淡水河流的魚類始終無法在湖裡取得支配地位，加上水溫變化小、水質穩定、湖齡古老（約形成於兩千萬年前的中新世），湖內各自獨立的小環境眾多，各種魚類得以不受干擾地生活，是研究魚類演化的一個不可多得的生境。布里俠斷定，坦干尼卡湖的雪克里茲魚（中國沒有這類魚，因此無適當中文名稱），百分之九十五的品種在該湖以外絕無僅有。

我的書房裡養了一缸熱帶魚，這種魚喜歡成群結隊，其合群性（gregariousness）是魚類中很特別的一種。據布里俠研究，這種魚不僅有同輩合群的習性，親子關係也特別友善。每次下蛋約兩百枚，父母輪流保護，護卵期間，勇敢無比，體積大幾倍的陌生者一近禁區就被拚命的親魚趕走。卵孵化之後，親魚不但不吞食小魚，而且照顧備至，甚至第一代仔魚長大到青少年時期，還能幫助父母照顧下一批仔魚，因此在魚缸裡，可以看到體積大小不同、來自同一對親魚的好幾代小魚和平共處。這種魚來自坦干尼卡湖，其獨特的習性也只有這樣獨特的生境中才可能演化形成。這種魚叫做Lamprologus Brichardi。不錯，你一定注意到魚名中的第二個字就是布里俠的名字，這魚是布里俠在坦干尼卡湖中無數次潛水時發現的，按照拉丁文的原義，這魚的名字應該譯成：美麗發光的布里俠魚。

我書房裡的「美麗發光的布里俠魚」目前尚未產卵，不過，放心，我正在想方設法找資料，請教各方好手，甚至為此加入美國雪克里茲魚協會（American Cichlids Association）。

最後我還要說一個湖。

這是我母親的湖。

母親自小在湖邊長大，所以我的童年，也彷彿永遠有湖水蕩漾。而且不只有水，還有魚。

母親說過，她的湖，每年到一定的季節要漲一次大水，經常淹滿院子，淹過門檻，淹進堂屋，但從不會淹到樓上。所以她和她的玩伴，每年都坐在樓梯上把釣絲甩進客廳裡，漲水過後，運氣好，院子裡可以挖到兩、三斤重的鱖魚[5]。

我們從小別的不挑，吃魚的嘴特別挑。吃慣了新鮮鱖魚的母親，什麼魚都看不上眼。

母親的湖叫鄱陽湖[6]。除了鱖魚，母親說還有銀魚。鄱陽湖的打魚人，用不著撒網，舀一臉盆水，往岸上一潑，銀魚便滿地跳。太陽曬乾了再來收就是了。

自己看見鄱陽湖，早已過了童話的年齡，而且在飛機上。隨著興奮的旅客的指指點點，我也擠向一方小小的窗口。只看見一大片形狀不規則的反射強光的水銀，攤在機翼下，嵌在灰色的山影裡。好像跟魚米之鄉、田園風光這一類印象，完全無法吻合，反而覺得自己的童年，被古怪醜陋的科幻世界所埋葬，因而略感不快。

母親的湖，有水有草有蝦有魚。這樣的湖，已經成爲我的生命符號。

我總想，有一天，我將埋骨在這樣的湖邊。每次湖水上漲，冰涼的舌頭伸過來，舔食我腐朽的身體。每一次湖水退潮，就帶走我身體的一部分，靜靜沉入黑暗溫暖的湖底。

注釋

❶華爾騰湖（Walden Pond）：此湖位於美國麻薩諸塞州東部的康科德鎮外的森林，湖畔環繞著松樹、橡樹等，梭羅曾在林內的斜坡處親自搭蓋了一間木屋，在此度過兩年又兩個月的生活，並寫下了傳世鉅著《湖濱散記》。

❷甲天下：意指位居天下的第一位。例如：桂林山水甲天下，陽朔山水甲桂林。

❸「公民不服從」（civil disobedience）：若一個國家的公民覺得現行的法律、政策，在道德上出現了瑕疵，或者不具有公平性，為了維護心中更為崇高的公義、理念，遂展現了不合作的行為，以表達心中的不滿，而這項抗議的行為，必需保持理性和平，並且在不傷害他人的情形下進行。例如：印度的甘地（Mohandas K.Gandhi）曾經運用不合作的態度來對抗英國施於印度的壓榨統治。

❹坦干尼卡湖（Lake Tanganyika）：位居非洲中部，屬淡水湖，此湖周圍被蒲隆地、坦尚尼亞、薩伊（今剛果民主共和國）、尚比亞四個國家所包圍。

❺鱖魚：鱖，音ㄍㄨㄟˋ。鱖魚又稱為花鯽魚、桂魚、桂花魚、季花魚等，是一種淡水魚，其肉質細嫩豐滿而味道鮮美，屬魚種之上品。唐朝張志和有詞〈漁歌子〉：「西塞山前白鷺飛，桃花流水鱖魚肥。青箬笠，綠蓑衣，斜風細雨不須歸。」詞句中即稱許鱖魚的肉質肥美，而明代醫學家李時珍則讚譽鱖魚為「水豚」，認為鱖魚的味道就如同河豚一樣鮮美。

❻鄱陽湖：鄱，音ㄆㄛˊ。鄱陽湖是中國的最大淡水湖，也是中國的第二大湖（面積僅次於青海湖），位居江西省境內，橫跨十餘個縣市。春夏之時，湖水豐沛，煙波渺渺；冬季枯水期，湖畔水草豐美，

飛來候鳥過冬。王勃的〈滕王閣詩．序〉有「漁舟唱晚，響窮彭蠡（音，ㄌㄧˇ）之濱」之句，彭蠡湖即鄱陽湖的古名。

本文名為〈湖的故事〉，作者寫了三個湖與人的故事：

其一，華爾騰湖（Walden Pond）：在這則湖與人的故事中，始於紐約麥迪遜廣場花園（體育館）舉行一連串的搖滾演唱會，目的在募款以拯救華爾騰湖（Walden Pond），期能阻止房地產開發公司在那裡破壞林地、興建辦公園區。接著作者介紹了亨利．梭羅及其《湖濱散記》一書，梭羅在華爾騰湖畔生活了兩年又兩個月，他記錄了華爾騰湖的野生物動態，計算了溫度變化對於此湖的生態影響。此外，劉大任寫到了威斯康辛大學的馬喬瑞．溫克勒博士（Marjorie Winkler）對於華爾騰湖的研究，她發現了人類的活動對生態環境所造成的影響。

其二，坦干尼卡湖（Lake Tanganyika）：在這則湖與人的故事中，提及了皮埃爾．布里俠（Pierre Brichard）以自給自足的方式，在坦干尼卡湖中進行魚類演化的研究，他致力於鑑定和分類湖中的雪克里茲魚和其它魚類，並打算探勘全部湖區湖岸線的魚類，可惜壯志未酬身先死，由他的女兒、女婿及助手繼續其未竟的志業，若稱他為坦干尼卡湖魚類的第一號專家，一點也不為過。

其三，鄱陽湖：作者母親從小生長於鄱陽湖畔，生活中的玩樂與飲食自然離不開這座湖水，他說這是母親的湖，既是母親湖，生命中的記憶絕對少不了鄱陽湖。作者許是受到了母親的影響，鄱陽湖也成了自己的生命符號，甚至希望有朝一日能埋骨於湖邊。

這三則湖與人的故事，作者融合了客觀的地理環境描述，以及自己對於湖泊的情感投射，始於理性的文筆，終於感性的文句，既能給予讀者知識性的自然地理觀念，又能牽引讀者深思、感懷，讀來餘韻無窮。

第五課　多抄筆記少影印

李濠仲

概說

本文選自李濠仲的《挪威，綠色驚嘆號！—活出身心富足的綠生活》一書，此書分為四個部分：綠色生活、綠色旅程、綠色覺醒、綠色警訊，共收錄三十一篇文章。在每一篇文章的正文之後，皆有與此文相關的「延伸綠觀察」，甚至還提供與此文相關的資訊，可以幫助讀者更深一層地思考，以及運用作者提供的資訊以按圖索驥，這可說是本書的一大特色了。

李濠仲在此書中說：「我發現，住在斯堪地那維亞半島上的這群人，原來不過是以其傳統而來的生活態度，即足以保有古來的環境品質。」（作者序）作者以其挪威的見聞，希望可以給臺灣的環保運動帶來美好的想像，以本文為例，在挪威國家圖書館裡列印出一張A4的紙張，花費近新臺幣十五元，如果在臺灣也是如此的價格，也許會達到以價制量的作用。容易到手的物品，往往不知珍惜，也不會審慎考量列印的需求頁數。

李濠仲，民國六十五年（西元一九七六年）生，文化大學新聞系畢業，曾經擔任《聯合晚報》、《新新聞週報》等新聞媒體記者，現為FPA「挪威外國記者協會」（Froeign Press Association in Norway）成員。西元二〇〇九年隨任職於外交部的妻子遠赴挪威後，親身體驗了當地的生活哲學，並且被當地的情境所塑造，擁有不同的思考模式，例如負責處理家中的飲食、清潔工作，包括買菜、做飯、洗碗、拖地、洗衣服、晾衣服和晒棉被等日常瑣事，學會接受這就是生活，而非刻板印象中的婦女之責任。

目前李濠仲以獨立記者身分，繼續穿梭於北歐新聞現場，暫居挪威首都奧斯陸。他透過實際的觀察體驗、攝影、旅遊、採訪、閱讀，將其第一手的資料與讀者分享。他的著作甚多，以北歐的見聞為主，為讀者打開另一扇視窗，看見另一種生活與文化，並且從中獲得省思。

課文

好萊塢電影《明天過後》（The Day After Tomorrow）❶裡，幾個年輕人因躲進紐約曼哈頓公共圖書館，在溫室效應❷造成的地球災難中逃過一劫。回到現實生活，挪威國家圖書館「Nasjonalbiblioteket」對我來說，或許也發揮了類似功能。

二〇一〇年挪威的冬天十分詭異，聖誕節前後的奧斯陸，創下了數十年來最低溫，曾經一整個禮拜都在攝氏零下二十度左右徘徊，一個月後，天氣卻瞬間回暖，偶爾還可達到攝氏零度以上，經歷幾週暗無天日的酷寒，此刻接近零度的天候，簡直可比春暖花開。我一度以爲聖誕節前後最嚴峻的日子已經過去，沒想到一股寒流又在隔年二月捲土重來，接下連續兩週氣溫再次直逼零下二十度，伴隨季節性流行感冒高峰期，那段時間眞是苦不堪言。

爲了讓自己接下來能夠安安穩穩完成手邊稿件，我確實有必要從家中閣樓轉移陣地，換個既能協助我度過一整個冬季，又可節約電費的環境，於是就非得借用位在奧斯陸❸索里區（Solli）的國家圖書館不可。

運氣極佳，圖書館距離我住的地方，僅需五分鐘車程，而奧斯陸國家圖書館❹所提供的，除了環境清幽、窗明几淨的閱覽室，還有全區免費無線上網服務，當然，在資訊齊全的藏書之外，更重要的是，我可以在這享受一整天無間斷供應暖氣設備，完全不必再煩惱此地讓人驚駭莫名的高電費。

我照著館內牆上的說明指示，把身上的大衣、圍巾、手套，以及私人物品一併鎖入進門後左手邊的置物箱，根據挪威國家圖書館規定，我只能將手提電腦還有紙筆、個人用書、參考資料帶上樓，若得裝帶這些隨身用品，還必須使用圖書館內專用透明塑膠袋，好讓圖書館工作人員確認你沒有將違禁品攜入，塑膠袋記得用畢回收即可。

位於四樓的挑高八米閱覽區，就算只是一根針掉到地上，都可以清楚聽見它發出的聲響。選定好座位，我便在一公尺見方的書桌上展開一整天的工作，每個獨立座位兩側尚有層板間隔，在不受打擾之餘，圖書館的暖氣眞是讓人倍覺窩心。雖然我不是爲了逃難而來，但當我同時遭遇高電費和超低溫兩相夾擊時，一間聳立於蒼茫雪景中的國家圖書館，的確是即時救星。

在我開始借用圖書館閱覽區的那段時間，有位奧斯陸大學教授正埋首整理其著作，每天上午九點圖書館一開門，他總是率先衝進閱覽區，永遠選擇第一排、第一個位置，之後神情專注地低頭打字，直到晚上七點關門才瀟灑離開。他一襲水藍色西裝外套底下，是件開扣到胸口的白色襯衫，牛仔褲下緣緊連著一雙尖頭的黑皮鞋，如果不是剛從外頭冒著風雪而來，他這一身打扮彷彿在誤導奧斯陸已來到春天，圖書館內的舒適暖活，可見一斑。

但他引人注意之處並非他的穿著打扮，而是他身旁總是停著一台移動式書架，架上則是他挑選而來的參考書目，他沒有如我們熟悉的畫面，將借來的書籍大肆影印而後帶回家閱讀，而是現場翻閱，一邊拿著紙筆，瞇著眼睛，抄寫一行密密麻麻的筆記，當我轉過身放眼望去，似乎每個人都採用這種方式，好摘錄圖書館藏書裡的資訊。

我發現在圖書館抄筆記的模樣，對我來說顯得過於陌生，我很好奇，難道這偌大的圖書館裡，沒有半台影印設備，雖然此棟建築歷史已達上百年之久，好歹今天已是二十一世紀，這種抄寫的行爲，未免太過復古。

於是我開始尋找館內影印機擺設處，並詢問工作人員如何使用那些設備。就像位在臺北市中山南路上的國家圖書館，我在挪威國家圖書館也得先行購買影印儲值卡，再拿著卡片到自助式影印機前自行複印，方式大致相同，唯一的出入在影印價格，挪威國家圖書館裡以一張Ａ４紙張列印，需花費將近臺幣十五元，幾乎要比臺灣各大五星級飯店提供的影印服務還要昂貴，我想這也許是挪威人直到今天還在圖書館裡勤抄筆記的重要原因。

挪威國境之內森林滿布，二十五公頃以上的林用面積，總計有將近七萬平方公里，幾乎是臺灣兩倍大，這使它成為世界各國紙漿的主要供應者，但沒想到自己人用紙，卻得花費這麼高的代價。反觀臺灣的國家圖書館，在影印服務上確實貼心許多，民眾對其低廉的收費標準也相當滿意，館內影印機遍及各個角落，很多時候卻還供不應求，從每台影印機送出的紙張豈止上萬張，歷來所有的影印機從開始啓用到退役，產出的複印頁也許集結起來可以另外再設立一間規模相當的圖書館。

挪威國家圖書館在這點上可就望塵莫及了。擺放在角落的影印機一整天下來乏人問津，臺灣的國家圖書館曾經針對館內影印服務進行滿意度問卷調查，同樣的題目移到奧斯陸，恐怕會讓人不明所以，居然還有人在乎圖書館影印服務的滿意度？

在那份國家圖書館影印服務滿意度調查中，相當細緻地分析民眾對機器操作、收費說明、服務態度、夾紙處理、缺紙處理的態度，結論是民眾對圖書館的影印服務普遍給予滿意的評價，唯獨在「缺紙適時增添紙張」項目略有微詞，顯然在如此大量消耗紙張的同時，我們對圖書館的紙張需求仍舊是欲求不滿。

好奇心驅使，我忍不住問那位奧斯陸大學教授，何以他不善加利用影印機，他的答覆當然包括費用確實不便宜，也不忘提醒我，筆記可以只摘錄他所需要的資訊，至於一股腦兒地快速列印出成堆的文件，最後用得上的恐怕寥寥無幾，他覺得那樣做，才是既浪費金錢也浪費時間。

我並不打算附和他，何況我也曾在圖書館裡，捧著一本又一本的書籍在影印機上翻來覆去，在它發散出黃色光線之前，技巧純熟地壓下蓋板，聽著它發出一陣又一陣的「啪嗒、啪嗒」聲，耐心地等在接紙盤旁，而後堆砌出今天滿屋子的複印文件。

但當我步出圖書館，迎面而來的一陣冷風，接著一腳踏入令人寸步難行的積雪時，我想接下來我非常有可能仿照那位教授，或者閱覽區內的其他挪威人，儘可能減少列印，勤作筆記。圖書館存在的目的，當然不是像電影情節所描繪，在氣候變異下，專供人類躲避災難，但至少在現實生活中，它其實可以做到不製造災難。

＊延伸綠觀察

二〇〇九年臺灣國家圖書館影列印服務滿意度問卷調查分析，在列印服務調查中，受訪者最滿意的項目爲「操作簡單容易」、「收費說明清楚」、「服務態度親切」。較不滿意的項目分別是「適時處理夾紙」及「缺紙適時增添紙張」。顯然臺灣民眾在列印時，已習慣紙張就該無限量供應，而未思及同時間究竟有多少棵樹因此倒下。

❶電影《明天過後》（The Day After Tomorrow）：這是一部於西元二〇〇四年上映的美國電影，描述全球暖化、全球寒冷化所帶來的災難。

❷溫室效應（Greenhouse effect）：地球表面被大氣層所包圍，當陽光照射地球時，可以防止地面溫度、濕度散失，使地球表面的平均溫度保持在平均攝氏十五度左右，若無地球的自然溫室效應，就不可能有我們現在的生活。可是，人類長期向大氣排放二氧化碳，加上毀壞林地，加強了自然溫室效應，引起全球暖化。

❸奧斯陸（Olso）：挪威的首都和最大的都市，人口六十餘萬，也是是挪威王室和政府的所在地，位於挪威的東南部，在曲折迂迴的奧斯陸峽灣北端。在奧斯陸東北的霍爾門科倫（Holmenkollen）山，風

景優美，是挪威的滑雪聖地。

❹奧斯陸國家圖書館：挪威的國家圖書館是由位於首都的奧斯陸大學圖書館（The University Library of Oslo）代理。挪威的出版品必須呈繳三冊，分別給奧斯陸大學圖書館、卑爾根博物館、挪威皇家科學學會典藏，因此奧斯陸大學圖書館館藏資料頗為豐富。

圖書館能提供什麼服務呢？作者為了完成稿件，驅車前往僅有五分鐘車程的奧斯陸國家圖書館。清幽的環境，提供一整天無間斷的暖氣設備，以及全區免費無線上網服務，在酷寒的天候下，圖書館內的溫暖舒適，的確可以提高工作效率。

本文中，作者對於奧斯陸大學教授和當地人以抄錄書中資訊取代影印，分析其中的可能原因，費用不便宜雖是其中的重要因素，但是，誠如那位教授所言，筆記可以摘錄出自己所需的資訊，通常列印出來的成堆文件，能派上用場的不多，影印浪費了時間與金錢。作者肯定挪威人勤做筆記、減少列印的行為，他認為圖書館可以做到不製造災難—減少列印行為。當讀者在進行列印時，不妨思考一下列印的同時有多少棵樹因此倒下。

「它山之石，可以為錯……它山之石，可以攻玉。」（《詩經‧小雅‧鶴鳴》），挪威人對於使用影印機的慎重態度，可以作為臺灣人的借鏡，我們習於從影印機上無限制地取用紙張，可曾思考紙張的來源與資源的珍貴。讀者從《挪威，綠色驚嘆號！—活出身心富足的綠生活》一書中，可以了解挪威人的生活情形，進而思考如何落實綠色觀念於生活上，並且試著從自身開始著手實踐綠色生活。

第六課 狗屎變綠金

廖桂賢

本文選自《好城市，怎樣都要住下來：讓你健康有魅力的城市設計》一書。此書是作者走訪歐、美、亞洲的許多城市後，對於其心目中的健康綠城市，規劃了美好的藍圖。從書中各篇文字，不難看出她是一位好管公共事務的地景專家，具有熱情與專業素養，希望能為她所居住的城市貢獻心力。

作者藉著他山之石，對應國內的城市所面臨的難題，有些文章還附有「延伸觀點」，她為相關議題做進一步解說。全書文章分為五個部分

1.有個性的城市最迷人！（有七篇文章）
2.交通，非靠汽車不可？（有八篇文章）
3.（城市）與水和平共存不是夢想（有九篇文章）
4.消費！浪費？何時該適可而止？！（有八篇文章）
5.城市設計革命，未來城市的任務（有十二篇文章），本文即選自這一部分。

廖桂賢，民國六十三年（西元一九七四年）出生於基隆，臺灣大學經濟系學士、美國賓夕凡尼亞大學（University of Pennsylvania）地景建築碩士（西元二〇〇三年）、美國華盛頓大學（University of Washington）建成環境（Built Environment）博士（西元二〇一二年）。曾經任教於新加坡國立大學建築系，教授「地景建築入門」、「地景建築設計」等課程，目前是香港中

文大學建築學院助理教授。因長年旅居國外，對於世界各大城市的環境設計、文化特色等有所觀察，並以此反思臺灣的城市設計。

廖桂賢從其專業角度出發，認為地景建築是美學和科學的結合，而科學包含了社會科學、生態學、地景生態學、都市生態學、生態系統服務、大地與環境工程等多種自然、社會領域的整合，亦即地景建築是景與土壤、生態、水文等相互結合，而不是單純地談環境美化、風貌而已。就城市建設而言，她相信「地景建築」所扮演的角色將會越來越重要，除了負責綠色基礎建設，還可以在基礎建設方面提供其專業的意見，與基礎工程建設人員共同參與都市的建築。

課文

有一天回到家，看到我先生的鞋子脱在門外，根據過去的經驗，我知道他肯定是踩到什麼髒東西而不願拿進家裡。

果然不出所料，進門後他懊惱地告訴我，回家時在街口踩到狗屎了！正好氣又好笑地想嘲笑他走路不專心，他馬上爲自己辯駁：街口附近到處都是狗屎，要不踩到地雷也難。

這不在臺北，而是在柏林。

沒錯，德國首都柏林的街上也有不少狗屎，讓人走路得分外小心。

誰沒有踩過狗屎的經驗呢？相信大部分的人都有。我第一次跟另一半約會，散步在天母浪漫的中山北路上，就一腳踩在又黏又臭的狗屎上，尷尬極了。而另一半的狗屎經驗也好不到哪裡去，從臺灣、美國、德國，踩狗屎的經驗豐富，而且什麼樣的狗屎都踩過：剛出爐新鮮的、放久乾掉的、拉肚子稀泥般的……

當人們越來越愛養狗，又懶得撿拾狗狗的大便，我們踩到狗屎的機率也越來越高。踩到狗屎令人生氣，卻絕不是用英文罵句貨眞價實的「狗屎！」（shit!）就可以消氣的。

狗屎驅動公車，並非玩笑話

狗屎越來越多，也變成令人頭痛的環境問題。大量的狗屎不但增加城市的垃圾量，在路上或庭院中沒有清除的狗屎，下雨時則會被雨水逕流一起沖進雨水下水道，最後進入河流中，嚴重汙染河川水質。

根據統計，人口三百四十多萬的柏林市有十萬多隻的狗，平均每隻狗每年可以拉出一百二十四公斤的糞便！也就是說，這個城市一年中充滿將近一萬三千多公噸的狗屎，從人行道、路邊花圃、公園等任何狗兒喜歡大便的地方，都免不了慘遭狗屎玷❶汙。

這該怎麼辦？二〇〇九年四月一日，我在一個德國新聞的英文網站上看到了一則報導：為了解決數量龐大的狗屎，柏林市政府決定進行一項狗屎變燃料的計畫，將令人頭痛的狗屎變成生質能源❷，成為未來柏林公車的燃油，如此一來，不但可以用狗屎來驅動公車，也可望減輕環境問題。

這則新聞其實是媒體在愚人節開的玩笑。玩笑歸玩笑，這個想法卻非痴人說夢，因為狗屎的確可以成為能源！

其實在二〇〇六年，美國的舊金山就開始將狗屎轉化成生質能源了。舊金山也是個愛狗的城市，狗兒數量多，龐大的狗屎量自然也成為令頭痛的問題。

好在舊金山有著嚴格的相關法令，也徹底執行取締，因此沒有像柏林或臺北遍地黃金的狀況。但全市的狗大便都扔入垃圾桶後，卻是垃圾場的龐大負擔。

於是，舊金山市政府與生質能源業者合作，將狗屎從一般的垃圾分離出來，顯著減輕了垃圾場的負擔，並經過處理後成為生質能源，躍升為綠金！

狗屎變能源，是一石二鳥的好主意，不但可以解決狗屎的汙染問題（汙染了你我的鞋子，也汙染了環境），也提供另一種再生能源的材料。

如果，今天人類的技術發展能夠讓人人嫌惡的東西都變成有用的資源，那麼我相信沒有什麼是人類解決不了的事，只要我們願意發揮想像、創意，甚至嘗試那些看起來像玩笑般的想法。例如，關於柏林用狗屎驅動公車的玩笑。

當狗屎也可以成爲重要的都市資源時，也許飼主會基於愛惜資源的心態，更心甘情願地拾起愛狗的便便呢！

如果未來，所有的城市都可以盡量將狗屎轉化成能源，那時要踩到狗屎的機會應該也會越來越小；而那些仍然不幸踩到狗屎的人或許可以安慰自己：並非踩到黃金，而是踩到綠金了！

注釋

❶玷：音ㄉㄧㄢˋ，弄髒，弄汙。

❷生質能源：這是指是利用生質物，經過轉換的過程以後所獲得的電、熱等可供使用的能源。在倡導永續經營的今日，不啻為可兼顧環保的能量來源。而可利用的生質物，包括了稻麥等農作物廢棄物、動物糞便、垃圾等，經過處理以後，轉化為生質能源，既可使廢棄物減量，又能創造利用價值。

若以「狗屎」為標題，上網搜尋相關訊息，所獲得的內容大多是呼籲狗主人要自律，遛狗要清理狗便，再不就是號召大家一起清理公共區域的狗屎；而國內有社區擬仿效日本某社區，把狗屎變成無惡臭的堆肥；至於義大利的那不勒斯市市政府，別出心裁地要求全市的狗主人帶狗去做DNA測試，並建立資料庫，日後可以循線查出哪位狗主人讓狗隨地大便。

廖桂賢的這篇〈狗屎變綠金〉一文，引進歐美的新觀念，把一般人避之唯恐不及的狗屎，變身為有價值的能源。

在本文中，德國的柏林市政府打算將狗屎變成生質能源，作為公車的燃料，而早在西元二〇〇六年，美國的舊金山已經將狗屎變成生質能源了。至於挪威奧斯陸的公車則利用人體排泄物當作生物燃料，公車海報還貼出「感謝你的貢獻」字句－感謝奧斯陸市民所製造的排泄物，對公車做出了貢獻（內容詳見李濠仲：《挪威，綠色驚嘆號！－活出身心富足的綠生活‧水肥動力車》一文）。

狗屎也好，人屎也罷，這些被排出體外的廢棄物，在重視環保與能源短缺的時代裡，竟然鹹魚翻身了。《莊子‧知北遊》一文所說的「道在便溺」，在現今時代看來，莫非有了新解，帶有具體的、實質的、有益於環境與經濟的貢獻。

誠如作者在本文文末所言，如果未來所有的城市都將狗屎轉化成能源，屆時人們踩到狗屎的機會，應該會越來越小了。

單元十一

科技與社會的互動

單元大意

在今日，我們可以說是生活在一個科技的世界中。放眼望去，日常生活之中，吃穿用度，無一不是科技的結晶，就連一歲的孩子最熟悉的也是聲光電的高科技產品。他們早在學會翻書以前，就會用手指去滑手機了。然而，對於科技，我們到底了解多少？

對我們而言，科技是既熟悉而又陌生的。熟悉，是因為我們每天都在用它；陌生，是因為雖然我們天天使用，但可能對其構造原理與來歷卻是一無所知。例如我們天天在使用手機，但什麼是液晶？為什麼可以觸控？能說出所以然並真正了解其原理者，恐怕萬中無一。不要說是普通人不了解，在分工越來越細的情況下，同為科學家，也可能因為專長的細微差異而隔行如隔山。在幾千年的人類文明史當中，人類對自己所創造的東西是如此的隔閡，恐怕是史無前例的。

然而，這有關係嗎？有什麼影響？古人由於對大自然的不了解，所以產生了許多愚昧的行為。今天，我們對大自然的了解，較之古人，顯然是提高了，但對於文明的創造物卻開始不了解了。那麼，面對高科技的文明，我們是否會有新的愚昧？從面對核能、食安乃至氣候變遷等種種的言人人殊，一般大眾莫名的恐慌等等，似可略見端倪。

文學追求的是人與人（包括古人）之間的理解與情感和諧，推而廣之，也包括了對天地一體和諧的追求與體會。然而，面對科技這個新生事物，文學又能做出什麼反應呢？仔細思索，我們發現，第一個反應就是沒有反應，因為不了解，所以難以反應。這就碰觸到文學家「科盲」，而科學家又是「文盲」的大問題。在二十一世紀，這是我們在教育上亟待解決的一件大事。

第二個反應，就是科幻小說，而這往往代表了對科技的恐懼。此實為一深具意味而又值得深思的現象。

本單元限於篇幅及其他種種原因，不能很全面的反應此一現象。基本上，我們對於科學與人文的會通及其前景，還是肯定並有信心的。所以，我們選了兩篇比較能顯現正面理想的文章。吳大猷先生的〈科學、技術、人文學〉一文，幫助我們對科學發展有一個簡略的認識。以吳先生的地位之高與對我國科學發展貢獻之大，透過他的文章來認識我國科技發展的歷程，是最適合不過的。鑑往知來，此文亦當激起我們對和諧前景的嚮往。

劉君燦先生的〈丁文江與《天工開物卷跋》〉一文，則一方面幫助我們認識中國科技史上的名著《天工開物》，另一方面，更重要的是了解此書的現代意義，使我們對上一代科學家如丁文江先生的理想與懷抱有所認識，亦能延續此認識而對科學的社會使命有更深一層的理解。

科學家也是普通人，一樣需要情感的抒發與文學的陶冶。同樣，文學家也要具備正確的科學知識，以使我們的情感在文明世界中能遍潤萬物，周流無礙，此即本單元的命意所在，希望藉此兩篇文章而有所寄託。

第一課　科學、技術、人文學（節選）

吳大猷

「科技」可說是我們社會的一大熱詞，但到底什麼是科技？它的來龍去脈為何？我們在跟隨歐美國家潮流之外，亦當了解自家的發展歷程。吳大猷先生的此篇散文，正好可以引發我們的興趣，提供我們進一步鑽研的線索。

吳大猷，清光緒三十三年生（西元一九〇七年），卒於民國八十九年（西元二〇〇〇年）。廣東省高要縣人，為我國著名物理學家、教育家，曾任西南聯合大學教授、國科會主委、中央研究院第六任院長。

吳大猷於民國十八年（西元一九二九年）畢業於南開大學，經由饒毓泰及葉企孫兩位教授的推薦，獲得了中華教育文化基金會的獎學金，得以出國求學。在經濟的考量下，他選擇了學費最為低廉的密西根大學。而這所學校正是當時是美國發展量子力學的中心，因此，吳大猷在該校獲得了良好現代物理的訓練。

返國後，先任教於北京大學，後抗戰軍興，遂轉任西南聯大教授，其間培養了眾多的物理人才，知名的有楊振寧、李政道等。而吳本人亦因重要論文的發表而成為國際知名的物理學者。

民國三十七年，吳大猷被選為第一屆中央研究院院士，到加拿大國家研究院工作，並因此獲得了科教行政的工作經驗。民國四十七年，中研院院長胡適懇請吳大猷擬出具體的方案後，於翌年成立「國家長期發展科學委員會」，也就是臺灣發展科學的起源、吳大猷對臺灣科學發展產生貢獻的開始。

吳大猷在民國五十六年返臺，獲聘為國科會的主任委員。在國科會六年任期中，吳大猷提出多項有關發展科學的政策，這些政策的實施，也正是臺灣今日科技進步的基石。

民國七十三年，吳大猷被選為中央研究院第六任院長，至民國八十二年卸任。此後陸續出版《理論物理》七冊與文集若干。

本文選自「吳大猷文選之二」《人文、社會、科技》一書。此書為吳氏多年來針對科學教育、政策等在報章雜誌上發表的文章之集結，並附有珍貴照片多張，為了解臺灣科技發展過程的重要史料。

一、科學與人文學被割裂

人類文明，概括的可分爲物質和精神的兩方面。在上古時期，由於食、衣、住、行的現實問題的逼促，物質文明的發展很自然的先起開步。最古的文化如美索不達米亞、蘇美、埃及等，有的未遺留下許多痕跡，但埃及的金字塔和紙草卷（Papyrus scroll，西元前一千七百年所書的算術紀錄），顯示在五千年前，埃及已有高度的實用幾何、算術和建築、運輸的技術。我國則在黃帝時即有蠶絲；黑陶、彩陶顯示遠在銅器時代前即有高度的技術。自春秋以降，我國歷代在實用性的方面，有無數的技術發明，與同一時期中的其他民族比較，我國實享有高度的物質文明。

至於「科學」，我國在西元前十二世紀的「商高」[1]，即證明了數百年後希臘的Pythagorus的畢氏定理。在「墨子」中，有關於凹凸面鏡透鏡影像的幾何光學和秤的力矩敘述。在後漢（西元一三二年）時。張衡[2]製地震儀以測地震。此後我國有許多對天文、植物、草本藥性等的觀察和記載，爲「科學」發展的初步。

西方的「科學」，除上述的埃及古代算術外，當算是始於西元前五百年前的希臘。該時的哲學家、數學家、天文學家，往往集於一身。希臘可說是西方文明的發源地。歐克里[3]綜合前此的知識，建立幾何學系統，影響歐洲的幾何學，爲時一千數百年。亞里士多德[4]的科學哲學（包括邏輯的形式），影響了歐洲的科學，亦一千數百年。希臘的科學，經羅馬帝國的興起而沒落，一直到歐洲的「文化復興」後，數學的研究才復甦。到第十七世紀數學家如費馬、萊布尼茲，科學家如伽利略、克卜勒、牛頓先後輩出，開闢了數學分析和數論，奠立了力學的基礎。第十九世紀爲科學的蓬勃猛進時代。數學的分析、幾何、代數學、化學、物理的電磁學、熱力學、統計力學、生物學，皆迅速進展。到了本世紀❺，先是由於量子論及相對論的創立，繼之有量子力學的發展，使物理學從基本觀念起做了一改進，化學天文學亦隨之而有大進展。由於這些基礎科學的展開，許多「科際科學」相繼發展猛進。

時至本世紀的中葉，「科學」的範圍，由微小的「次原子」境域至距離以千萬光年❻計的宇宙，由生物的基因至無機的晶體，由絕對溫度爲百萬分之一度的低溫至千萬度的電離體（電漿）❼，電子計算機以每億分之一秒做一運作的計算速度，加以科學的深奧觀念和術語，使科學成爲極少的專家的私有園地，一般受過教育者亦只可「敬而遠之」。

人類文明的另一面，是所謂人文學。這是指哲學、藝術（如繪畫、雕塑、音樂、舞蹈、戲劇）、文學、歷史、倫理等。上文曾謂古代希臘的科學家和哲學家往往集於一身的。近代由於科學的高度專門化，各部門的科學間已有「隔行如隔山」的情形，科學與人文學則更有如兩個世界了。約在三十年前，英國的史諾氏（C.P Snow，原習物理學，後成名作家）❽於一名著中，指出科學和人文學現代成爲深隔鴻溝的兩個文明；科學家和人文學者缺乏共同的知識、語言、觀點及相互了解的志趣。一個國家社會的人，劃分爲這樣互不相通的兩類，對國家社會的和諧，個人生命的享受，都有嚴重可憂的影響。國際間和一個國家內的問題複雜萬端，負政府的行政、立法之責者，不能再如歷史上的完全沒有科學觀念知識者任之。社會需對科學和科學家有較深的了解，科學家亦需明瞭其對社會的關係和責任，對社會盡傳播科學知識之責。無疑的，人類已到了一個時期，務須有一個人文與科學合一的文明；科學界和非科學界之間，務須溝通思想觀點。這項溝通的任務，無疑的是需由教育擔負。

教育的目的，應不只限於知識的傳授，而是訓練學生思考，啓發培養他們求知的興趣習慣。我國大學教育，歷年皆有規定，習理科者必選習文科課程若干學分，習文者選習理科課程亦然。這個規定的原意，是使習人文學的學生獲得些基本的科學知識，了解科學發展的背景、科學的方法、哲學；使習科學的學生了解人類思想、哲學、歷史發展、文學、藝術的欣賞等。欲使這個互選其他學院課程的辦法不流爲形式而有意義，則這些課程必需特作組織，授課者必須勝任。我們的大學中從未注意及此二要求，近年來我們的中學和大學，偏重專門教育的趨勢越來越烈。選習其他學院課程一舉漸成「應付」，和溝通兩個文明的初意無大關聯了。

上段所敘的情形，不僅在我國，在美國亦約略相同。科學和人文學的分野，是人類文明的嚴重問題。這個情形的改善，首需社會人士對這個問題有深切的認識，在觀念上作若干改變，更需有識的教育家及行政者，研擬有效的措施。至若目前的使學生選習一二另一學院的現有課程，則只形式點綴，無甚意義。

二、我國科學的過去與現代

關於我國歷代的科學發展，最詳盡、有系統的敘述分析，當舉英文李約瑟（Joseph Needham）[9]的巨著「中國的科學與文明」（Science and Civilization in China）（該書有七卷，分爲九冊。首五卷已有中文譯文，由商務印書館出版）。該著評論我國歷代的科學思想、數學、天文、地學、物理學及技術工程、化學及技術發現發明、生物學及技術、社會的背景等。著者爲生物化學家，於我國抗日戰爭期中，代表英國的British Council[10]駐重慶，自駕一小型貨車遍訪我戰時後方多處，與我國學者交往。戰後返英，得二三位我國學者之助，從事上述巨著之作。

李氏著作中列舉我國許多技術的發明（如磁針、水車、風箱、造紙、印刷、火藥「沖天炮」……等），有些早於西歐數世紀。李氏對我國文明科技，無疑是喜愛同情的，有些國人多引李氏的書，爲我國古代的科學高於西歐的明證，以爲我國的科學落後西歐，只是近三百年的事。這個觀點，一部分是源於爲國家民族「爭光」的心理，主要的是源於未將「科學」、「技術」的要義區分。

我國民族確有無數的「發明」（如上舉之例），且有貢獻於人類文明的重大發明（如造紙、印刷等），亦有許多觀察，記錄（如星宿、日月蝕、季節、草本、植物等）。在科學方面，有早在西元前一千年的「商高」定理（早於數百年後希臘的畢氏定理）；「墨子」書中有凸凹鏡影像的觀察敘述，有秤的力矩的敘述。我們對磁石針的性質（甚至如傾斜角）有許多觀察敘述；在代數上有頗高的成果。我們可以舉出更多的發現、觀察和敘述。

由李氏的書，我們可獲得一總結論，即是我國的發明多係技術性、實用性的，我們有敏銳的觀察，有解答問題的智力。但我們似弱於抽象的思索和假設、邏輯的、分析的、演繹的研索，這些正是「純粹科學」的要義。我們有許多機械性的發明，而從來未曾接近到抽象的廣義的力學原理的思考；我們有甚完善的「幾何光學」的敘述，而從未曾有「光波」的觀念，故亦未曾有波動光學；我們有商高定理和若干實用問題的幾何，而無公設式的邏輯演繹的純粹幾何學；我們有磁石磁針的觀察及應用，而從未曾接近到磁力作用定律的測定。我們有個別性的「技術」和「發明」，但我們未曾發展它們成爲「科學」——基礎性、一般性的思想觀念系統。

我們有許多重大發明而未有科學，主要原因是我國文明受儒家思想的影響。儒家的中心思想是倫理，是人與人，人與社會的關係，是和這有關聯的個人的修養。我們的「哲學」，一般言之，是偏重「實用」的，故我們民族本身沒有其他民族的濃烈宗教觀念，亦弱於西方的哲學思想系統。⓫

另一因素，可能是我們從未發展了科學術語——符號——的運用。西方數學的進展，由符號，方程式的引入而突飛猛進。符號係邏輯思索的極基本工具，我國的文言敘述使科學研究結果的傳達，極爲困難，⓬一個數學家研究所得，往往埋沒於著述中。這是我國典籍中有個別的科學結果，而少前後人繼續性的發展的原因。

自明代建立科舉取士的制度，明清兩代的科學更受壓抑。到了清末，我國和西方接觸經一連串的敗績後，以爲我們只是機械不如人，乃購戰艦，建兵工廠、鋼鐵廠、造船廠，並作「中學爲體，西學爲用」之說。我國接受了西方物質文明的表面，但不知機械兵器之下，還有「科學」的基礎。及至民國，國人漸有習科學者，知西方物質文明乃建在科學基礎之上的，乃於我國學校中引入基本科學課程，如數學、物理、化學、生物等，開始啓蒙學習的時期。到了民國十年年代，我國在外習科學者返國漸多，地質學的丁文江、翁文灝、李四光；數學的姜立夫、熊慶琜、孫唐；物理學的胡剛復、饒毓泰、葉企孫、吳有訓；生物學的秉志、胡先驌；氣象學的竺可楨；化學的吳憲、侯德榜、邱宗岳；土木工程的茅以昇；語言學的趙元任；考古學的李濟等；這只是筆者所知或記憶所及的。[13]這些位可稱爲我國新科學的第一代，他們於倡導科學，培育第二代科學人員的貢獻至大。

國民政府成立後，大局漸定。民國十七年設立中央研究院，在三所大學中[14]，科學研究亦開始萌芽，地質學，包括古生物學尤其著有成績。不幸的，抗日戰爭於民國二十六年展開，政府及大部學術人員輾轉內遷後方。科學人員在既無設備，又時時在空襲警報及物價日漲情形下，研究工作乃不絕如縷了。

在民國二十、三十的兩個變亂頻仍年代中，我國仍培育了些青年學生，爲我國留外的第二代第三代的科學人員，其最著者如數學的陳省身、華羅庚；物理學的楊振寧、李政道、林家翹、吳健雄；化學的李卓皓、王瑞駪等。[15]

民國三十四年抗日勝利，政府及人民未遑喘息，共黨亂起，政府遷臺。民國四十年代，在人力財力均缺的情形下，高等教育已難維持合理的水準，科學發展更遑論矣。民國四十八年，由於胡適之先生及作者的倡議，政府成立國家長期發展科學委員會，然受限於財力人力。五十六年先總統　蔣公決心發展科學，於國家安全會議下設科學發展指導委員會，於行政院下設立國家科學委員會，分別從事政策及執行工作，十五年來，從事科學教育科學研究設備環境的建立，人才的延聚培植；經費年約四億元，近數年略增。⑯目前多數的大學及研究機構，教學研究設備的水準，遠勝於抗戰前在大陸時，受有高層訓練的各部門科學的研究教學人數，亦遠超過在大陸時。我們的科學研究，有些開始達到國際水準，且間有漸露頭角的。我們可以說是已有了科學發展起步所需的基礎。

回顧我們由改善大學教學設備環境，延聚教師，從事研究工作，訓練學生，培植高一層的研教人員，爲時二十年，始達到目前的開始進展階段。發展科學，研究及培育領導，皆需人才，而培育人才，則正如常語「百年樹人」，不若購置設備的即日可致也。

……

注釋

❶商高：西周初年數學家。據《周髀算經》所載，商高發明直角三角形的勾、股、弦定理（即「畢氏定理」）。

❷張衡：西元七八～一三九年，字平子，東漢時南陽西鄂（今河南南陽）人。官至太史令、侍中、尚書。張衡一生成就不凡，製作以水力推動的渾天儀，發明能夠探測震源方向的地動儀和指南車，發現月蝕的原因，繪製記錄兩千五百顆星體的星圖，計算圓周率準確至小數點後一個位，闡釋和確立渾天說的宇宙論。文學上創作了〈二京賦〉及〈歸田賦〉等辭賦名篇，拓展漢賦的文體與題材，被名列為「漢賦四大家」之一。

❸歐克里：一般譯作「歐幾里得」（西元前三二五～前二六五年），古希臘數學家，被稱為「幾何之父」。

❹亞里士多德：一般譯作「亞里斯多德」（西元前三八四～前三二二年），古希臘哲學家，柏拉圖的學生、亞歷山大大帝的老師。以今天的學術分類來說，他的著作包含了物理學、形上學、詩歌（包括戲劇）、音樂、生物學、動物學、邏輯學、政治以及倫理學。和柏拉圖、蘇格拉底（柏拉圖的老師）一起被譽為西方哲學的奠基者。

❺本世紀：指二十世紀。下同。

❻光年：天文學上所使用的距離單位，等於九萬四千零五億公里。

❼電漿（Plasma）：是一種由自由電子和帶電離子為主要成分的物質形態，廣泛存在於宇宙中，常被視為是物質的第四態，被稱為電漿態。

❽史諾（Charles Percy Snow）：西元一九〇五～一九八〇年）。史諾既是科學家，也是小說家，畢業於英國劍橋大學。史諾寫有《兩種文化》一書，他同時認識一群文學藝術家與一群科學家，他發現這兩種人互不了解，也無意願了解對方，認為這是一個很嚴重的問題。

❾李約瑟（Joseph Terence Montgomery Needham）：西元一九〇〇～一九九五年，本為英國生物化學家，因受到中國留學生魯桂珍的啓發，對中國科技文明產生極大的興趣，後窮畢生之力，結合劍橋大

學的資源與團隊，寫成《中國的科學與文明》（即《中國科學技術史》）三十餘巨冊（本文中所述之「七卷九冊」，有誤），對現代中西文化交流影響深遠。

❿ British Council：英國文化協會。

⓫ 大體而言，中國傳統文化重視主觀體驗，而西方文化則重視客觀的描述。

⓬ +－×÷＝等數學符號，大約在十五到十七世紀之間才陸續被發明，開始在歐洲使用。在此之前，西方的數學也是用文字敘述。

⓭ 以上十九人皆為我國近代科學的奠基人。各人的生平事蹟，讀者可自行檢索，茲從略。其中「秉志」姓「翟佳氏」（滿族姓氏），或稱「翟秉志」。

⓮ 「三」字疑為「多」字之誤。

⓯ 以上八位為我國著名的科學家。各人的生平事蹟，讀者可自行檢索，茲從略。

⓰ 作者撰寫此文時係民國七十一年。三十多年後的今天，我國「科技部」（前身即「國科會」）的年度預算已接近一千億元。

綜合討論

本文分作兩大部分，第一部分，簡述了人類科學文明的發展過程，而近代科學高速發展之後，造成人文與科學兩個領域的割裂，作者對此感到憂心。

第二部分，則對我國科學與技術的發展歷史作一簡單的回顧，並闡釋了「科學」與「技術」之關係。作者的用意，是在回應近代以來國人心中普遍的疑問——為什麼中國沒有發展出科學？這也是李約瑟在經過幾十年的研究，確定中國古代科技水平高於西方之後，所提出來的「李約瑟難題」。作者的回答大約有三個方面，一是文化的慣性使然，中國以儒家為主導的文化，重心一直放在人倫道德上，而較忽視對自然物的研究。二是缺乏符號系統，使科學性的表述（尤其是數學）遇到了困難。三是科舉考試，束縛了讀書人的心志與出路。這三個主張，可以代表五四以來一般知識分子對「中國何以沒有科學」此一問題的思考。在今天看來，此說大致仍可成立，不過可以補充說明的是，儒家文化雖然沒有誘發科學的產生，但亦不存在反科學的因素。故五四以來為求科學發展而有的「打倒孔家店」的口號，現已證明實屬無謂。

本文第二部分的後段，則略述了我國近代科學發展的大概。在我們能夠充分享受科學的成果與接受科學教育之今日，懷抱飲水思源之精神，對於當初篳路藍縷的先輩學人，宜略有所知。

本文原有第三部分，指出我國應有的科技政策。文中強調了工業界「研究發展」與教育界「培養科學人才」之重要。茲因本文寫於三十多年前，時空背景與具體狀況較之今日已有甚大差異，故此一部分從略。

第二課　丁文江與〈天工開物卷跋〉

劉君燦

概說

本文選自劉君燦著《科學．思想．文化》一書，是針對丁文江先生所寫的〈天工開物卷跋〉而發的議論。《天工開物卷》（或稱《天工開物》）是一本奇書，問世的過程亦十分坎坷，而丁文江先生以科學學者而兼有史識，能以流暢的敘述關照本國科學發展之歷史，融科學與人文於一爐，此正本文作者所歆羨而肯定的。

劉君燦，民國三十四年生，湖南寧鄉人，成長於臺灣，臺大物理系畢業。大學時即開始寫作，從事科學思想的探討，為臺灣著名的科學史研究者。所譯〈我心目中的世界〉（愛因斯坦著）曾被選入國中國文課本近三十年。

劉君燦著作頗豐，有《科技史與文化》、《不以規矩不能成方圓》、《談科學思想史》等；譯有《人類存在的目的》（愛因斯坦著）、《物理與哲學》（海森堡著）、《物理學家的自然觀》（海森堡著）等。

《天工開物卷》是明末宋應星所著一本關於中國農工業技術的書籍。書名為卷，是因內容以繪圖為主，共三卷十八篇。初刊於明思宗崇禎十年（西元一六三七年），但在中國流傳不多，絕版已久，日本則流傳有翻印本。民國十七年由國人自日本購回，重印於天津，並由丁文江作跋。跋，又稱「後序」，是寫於書末的題詞。

課文

《天工開物》這本明代科技名著並不是出版後就在國內輝煌至今。它原刻於崇禎十年，不久明朝即亡，而宋應星是民族氣節人士，反清意識很濃，在異族壓迫之下，《天工開物》不見於中土三百多年，反而流行於日本。民初，丁文江❶在考察雲南銅礦時，發現《雲南通志，礦政篇》有引用《天工開物》談雲南銅礦之語，因灼見詳盡，乃四處訪求，才經過章鴻釗❷等人自日本引回了「菅生堂」版本，後有陶湘❸把日本另一「尊經閣」本帶回，參考互校《古今圖書集成》內所存《天工開物》部分後整理出版，成爲「陶本」，《天工開物》才算回了娘家。有了這段因緣，丁文江再以其科學家的史識，針對《天工開物》的歷史價值與時代意義寫了這篇卷跋，用意不外乎要讀者崇尚科技革新時不要忘了傳統工藝的文化環境，這樣才不致「舊日之生產未明，革新之方案已出，故無往而不敗」❹，所以要「觀於宋氏之書，其亦有以自覺也夫」❺，可見得丁氏的用心良苦。

丁文江的科學家史識

在今天，作爲一個科學家很容易，按部就班念到博士，再專心研究即可；要做一個史學家也很容易，按部就班地熟悉歷史文物，再有眼光貫串史實即可。這樣有史識的史學家已不多，但他們的注目焦點不是歷代興革，就是制度思想，在文理殊途的教育塑造下，很難注意到史實上的科技。而科學家又專於現代科技，缺乏歷史意識，故眼光不及於史實上的科技。而丁文江氏的卷跋，十足顯示了他是一個具有史識的科學家。

丁氏身處五四民主與科學新文化時期，新文化運動諸人除了語言改革等值得稱讚外，最難得是知道古典不足以應那時世界之變局，但要解決中國的問題，仍然必需自經典做起。雖然限於時代環境，對古典貶多於褒，某些角度上錯失了古典的價值，但這個文化方向畢竟是對的。丁氏身爲科學家，從事的又是最富於本土性、民族性的地質調查工作，甚至在走南闖北的田野調查中，於四十九歲盛年，竟因煤氣中毒而身殉。以其用心之深、用力之勤，當然對於這個文化方向體會感受很深。中國是現不如人，並非已往不如人，了解了過去，才能開創未來，在他科學家的史識下，於是這樣的開始介紹《天工開物》：「是書也，以天工開物卷名。蓋物生自天，工開於人，曰天工者，兼人與天言之耳」，這的確是宋應星命名之源，也是古典科學思想所寄，天生的自然有待人找出自然秩序，運用自然秩序才能開發自然秩序，否則戟天役物，最終受害的仍然是人。這個道理與事實在今天是司空見慣，但在民初，丁氏未附和時人大談人定勝天，征服自然，只談工開於人，兼人與天言之，也可見出他的眼光識見。

其次，丁氏看出《天工開物》不啻三百年前的農工業史，他比較農產品的今昔之異，礦區的前廢今開等，了解了農工業的今昔流變，至少認出了《天工開物》作爲史料的價値所在。

《天工開物》當然不只是史料價値而已，他說：「是書每卷各就其所見聞之事實，爲有系統之紀錄。首言天產之種類，次言人工之製造，終及物品之功用，通篇未嘗引用一書。此種創作之精神，乃吾國學者之所最缺，亦即是書之所獨有。」丁氏看出了《天工開物》創造性的編撰秩序，「炮炙於一爐，然後己出」的系統寫法。其實宋應星不是無所據，只是並不類引他書，不是親身見聞，就是可靠的來聞，才能如是撰著。不過我中華的科技創造性即在明代，也不只是宋應星[6]，如方以智《物理小識》[7]、李時珍的《本草綱目》[8]，……乃至丁文江曾爲之撰寫年譜的徐霞客[9]，都有其創造精神，並非宋書所獨有就是了。

其實丁文江以其科學家的眼光，看出《天工開物》不但重數量、統計，且實事求是，破除迷信，重視民生的食衣住行育樂。其實丁文江氏如是言宋應星，也是言自己，他在民初的啓蒙時代重視的是這些，從事的是這些，期望中華民族自強之途也是這些。

丁文江的文化教育期望

丁文江的卷跋有著深深的文化教育期望，他了解歷史的目的在鑑取現在，國力的實根扎在文化，他之所以深感宋應星未嘗以世亂而廢學，也是丁氏自己身處民初紛亂之時，改革之士「學工者未嘗知固有之工藝，習農者不能舉南北之穀種，習經濟者不能言生活之指數」，以致「舊日之生產未明，革新之方案已出，故無往而不敗」。他之所以推介宋應星之種種成就，也是基於這分期望以看待文化教育乃至於科技史，以培養國人探索自然秩序，進而安頓人文秩序之心態。

所以他說宋應星實事求是，是希望國人實事求是；他說宋應星重統計數理，是希望國人重統計數理；他說宋應星重民生國計，是希望國人重民生國計；他說宋應星有創造精神，是希望國人有創造精神；他悲嘆「有明一代，以制藝取士，……遂使知識教育與自然觀察，劃分爲二」，因此讚服宋氏的識力之偉，觀察之富，是希望國人也能一改舊風。甚至他要求國人讀宋氏之書，也是希望國人了解科學也要注意歷史科技和社會環境，才能本土化、生根化。當然這一切都要從文化教育著手，並以身作則，而丁文江就是這樣從事的一個人。可惜的是他引起的科學論戰最後就是各說各話，不在要點。⑩

丁文江說宋應星絕少議論，其實宋應星在每一卷開頭精短的「宋子曰」，都是絕妙的議論，如丁氏所引〈舟車〉篇的：「人群分而物異產，來往貿遷以成宇宙。若各居而老死，何藉有群類哉？」《陶埏》篇的「後世方土效靈，人工表異，陶成雅器，有素肌玉骨之象，掩映几筵，文明可掬，豈終固哉？」在在就點到了「承天立人」、「分物類，通人群」的「類與群」思想，強調人可用方土各自之靈性，成藝品的成藝品，成陶缸的成陶缸，而同樣的陶土在不同人的創造性之下，也會人工表異，各有各的風格，這才是眞正的「別方土，明人文」。其實丁氏也一直在評議宋應星，也在評議自己，沒有思想的基礎是無法成就一切的文明，任何事物都有其背後文化理念，且沒有社會的文化實踐這個大前提，一切科學都不可能。宋應星在如是議論，丁文江也在如是議論，而我們也應當有如是了解。

〈天工開物卷跋〉之行文

由〈天工開物卷跋〉之行文，我們了解丁氏的期望，但並未明知由於上述各點，所以才有宋氏之書「全書多列舉事實，絕少議論」的話。但半世紀之後的我們，就應該點出丁文江之所心會、之所未達，這樣歷史才有進步。並且〈卷跋〉的行文爲文言文，且爲非常流暢的文言文，丁文江是以舊學而習新知，乃能寫如是流暢的文言文，他雖沒搭上「白話文改革」的巴士，但給我們的警惕是：半世紀之後的我們，能夠寫出有邏輯性的流暢科學中文嗎？

❶丁文江：西元一八八七～一九三六年，字在君，江蘇泰興人。留學日本、英國及歐陸，一九一一年畢業於英國格拉斯哥大學，取得動物學和地質學雙學位。一九一三年，丁文江就任民國政府工商部礦政司地質科科長。一九一六年創立了中國地質調查所並擔任所長，為中國地質專家。一九三一年任北京大學地質學教授。一九三六年一月五日，丁文江在湖南譚家山煤礦考察時，因煤氣中毒而意外身亡。

❷章鴻釗：西元一八七七～一九五一年，字演群，後改為愛存，筆名半粟，為中國近代地質學家。

❸陶湘：西元一八七〇～一九四〇年，字蘭泉，號涉園，江蘇武進人，出版家。以其出版《喜詠軒叢書》而知名。

❹參見附錄所列丁氏原文。

❺同前註。

❻宋應星：西元一五八七～一六六六年，字長庚，江西奉新人，《天工開物》的作者，中國明末清初著名的科學家。宋應星的著作和研究領域涉及自然科學及人文科學的不同學科，是一位百科全書式的學者。在屬於自然科學和技術科學方面，他著有《天工開物》、《觀象》、《樂律》等，其中《天工開物》是世界上第一部關於農業和手工業生產的綜合性著作，被稱作「中國十七世紀的工藝百科全書」。在屬於人文方面，寫有《野議》、《思憐詩》等。還有其他作品，多已散佚。

❼方以智，西元一六一一～一六七一年，字密之，號曼公，又號鹿起、龍眠愚者等，安徽桐城人。明代著名哲學家、科學家，崇禎十三年進士。清兵入粵後，在梧州出家，法名弘智，發憤著述同時，祕密組織反清復明活動。康熙十年三月被捕，十月，於押解途中自沉於江西萬安惶恐灘殉國。學術上方以智家學淵源，博採眾長，主張中西合璧，儒、釋、道三教歸一。一生著述甚豐，以《物理小識》為代表。所謂「物理」，概指世界上一切事物之理，與我們今天所說之物理學涵義不同。《物理小識》是一部全面記述萬事萬物道理的著作，全書共十二卷，分為十五類，依次為天、曆、風雷雨陽、地、占候、人身、醫藥、飲食、衣服、金石、器用、草木、鳥獸、鬼神方術、異事。

❽李時珍，西元一五一八～一五九三年，中國古代醫藥學家，明朝人，字東璧，晚年自號瀕湖山人，湖北蘄春縣人，曾任皇家太醫院判，去世後明朝廷敕封為「文林郎」。李時珍自西元一五六五年起，先後到武當山、廬山、茅山、牛首山及湖廣、安徽、河南、河北等地收集藥物標本和處方，並拜漁人、樵夫、農民、車夫、藥工、捕蛇者為師，參考歷代醫藥等方面書籍九百二十五種，「考古證今、窮究物理」，記錄上千萬字劄記，弄清許多疑難問題，歷經二十七個寒暑，三易其稿，於明萬曆十八年（西元一五九〇年）完成了一百九十二萬字的巨著《本草綱目》。此外對脈學及奇經八脈也有研究。著述有《奇經八脈考》、《瀕湖脈學》等多種。

❾徐霞客：西元一五八七～一六四一年，名弘祖，字振之，號霞客，生於明朝萬曆年間之江陰，為著名的地理學家、旅行家，著有《徐霞客遊記》。徐霞客一生志在四方，攜一僕從，遊歷天下，不避風雨虎狼，與長風雲霧為伴，以野果充飢，以清泉解渴。足跡遍歷北京、河北、山東、河南、江蘇、浙江、福建、山西、江西、湖南、廣西、雲南、貴州等十六省，所到之處，探幽尋祕，並作日記。舉凡地理、地質、人文、水文、動植物、礦產等，凡有所聞皆有所錄，成為我國古代最重要的地理記載。

❿這是指民國初年知識界的一場「人生觀論戰」。民國十二年，留德法學學者張君勱在清華大學發表有關「人生觀」的演講，認為人生觀不受科學的支配，科學解決不了人生觀的問題。同年四月，丁文江在《努力週報》發表〈玄學與科學〉，批評張君勱的觀點，從而拉開了論戰的序幕。隨後，論戰的一方是以丁文江、胡適、吳稚暉等為代表的所謂「科學派」，另一方是以張君勱、梁啓超等為代表的所謂「玄學派」，雙方你來我往，加上後來參戰的調合派，在報章雜誌上展開了長篇筆戰。這場科學與人生觀的論戰影響廣泛而深刻，衆多文化名人響應，堪稱民國文化史上的一件大事。相關文章後已集結成書傳世。

綜合討論

凡討論中國古代科技，不會不提《天工開物》這部書，然而《天工開物》在中國卻是命運多舛，似乎並沒有發揮它應有的作用。直到民國，自日本引回該書，時過境遷，該書的價值就成了一部科學史的史料。

然而，該書就真的只是史料嗎？作者透過丁文江的巨眼，幫我們看到了該書的價值。首先，是「天工」與「人力」的平衡觀，這是中國傳統精神展現。其次，是這本書的創造性。從外表看，這部書只是記錄了當時的各種生產方式，但作者重視實際的統計，要求數量的精確，而這正是科學的啟蒙。第三，是關於科學教育不能照搬西方現成方式而胡亂改革，而必須與本土的文化土壤相接洽，此是丁氏在跋文中的卓識，而為作者所特別點明者。作者說：「任何事物都有其背後文化理念，且沒有社會的文化實踐這個大前提，一切科學都不可能。」這顯現出科學不是孤立在社會文化之外的象牙塔，科學與整體的社會文化氛圍是互動的。此點極易為一般習科學者所忽略，以致科學教育的推展總是事倍而功半。最後，作者提到了「科學」之行文，科學縱然依賴數學，但仍離不開文字的表述，而文字表述所必須之基本邏輯，亦是科學的根本。一個真正的科學家而文詞不清，詞不達意，是難以想像的。某些人自認為學科學所以語文表達不重要，這種見解本身就非常不科學了。

科學根植於「實驗」，而「實驗」最基本的就是認清事實。因此，有不少人認為科學只是建立在「事實」之上的邏輯體系，與社會文化沒有關係。乍看之下似無錯誤，但卻忽略了科學亦需要我們對「事實」提出解釋與假設，而這就離不開文化的因素。由是觀之，科學與社會文化的關係，理應得到我們更多的重視，而此正是本文的核心所在。

附錄

天工開物跋　丁文江

……

是書也，以《天工開物卷》名。蓋物生自天，工開於人。曰天工者，兼人與天言之耳。為卷十有八，凡飲食、衣服、陶冶、礦產、燃料、彩色、兵器、紙墨之原料、出產、造作工業無不具備。三百年前言農工業書如此其詳且備者，舉世界無之，蓋亦絕作也。讀此書者，不特可以知當日生活之狀況，工業之程度，且以今較昔，吾國經濟之變遷，製作之興廢，亦於是中觀焉。

全書各卷莫詳於〈乃粒〉，稻則列舉粳（音ㄍㄥ）、糯、旱、香，麥則備述牟（音ㄇㄡˊ）、穬（音ㄍㄨㄥˇ）、雀、喬，黍稷、粱粟之中，不遺高粱。火麻、胡麻之外，遍列各菽。而〈膏液〉一卷，油品植物列舉至十有六種。然〈乃粒〉不載玉蜀黍，〈膏液〉不載落花生，至於番薯、淡巴菰（Tobacco；菸草）則更無論已。於是知美洲、南洋之植物雖已流入中國，在明末時代尚未成為重要之農產也。

銅有日本，炮曰紅夷，糖有洋糖，緞有倭緞。然〈佳兵〉一卷，詳弓矢而略槍炮，圖亦粗疏，於以知有明末造，外國貿易已頗（繁），而日本尤盛，於西洋商品較重於武器也。言金則舉川、廣、楚、贛、河南而不及遼東、塞外，言銅則列舉川、黔、鄂、贛，言錫則首推南丹、河池，次及衡、永，而皆不言雲南。於是知不特東北金場全未開闢，即東川、箇舊亦皆有清以來始發見也。言銀則先舉八省，次言八省所產不敵雲南之半，於是知迤西諸廠在明時開採已盛。吳尚賢、宮裡雁之邊亂乃其餘燼也。

其他如耕種、灌溉之方，蠶桑、紡織之利，製鹽、造舟之法，至今未變。松江之織，蕪湖之染，近代幾無異於明時，而川江行舟所用之火杖，殆即東坡、放翁所謂之百丈歟？自宋以來，未嘗改良，於是知科學未興以前生活方法進步之不易也。至於北京之琉璃瓦取材於太平，皇居之用磚設廠於臨清，分給於蘇州，宣紅之製法復試於正德，皆足以證明代政令之苛。故是書也，三百年前之農工業史也。然此僅以經濟史料言之耳。

若以思想史言，則是書固另有價值。在有明一代，以制藝取士，故讀書者僅知有高頭講章，其優者或涉獵於機械式之詩賦，或剽竊所謂性理玄學，以欺世盜名，遂使知識教育與自然觀察劃分為二。士大夫之心理內容，乾燥荒蕪，等於不毛之沙漠。宋氏獨自闢門徑，一反明儒陋習，就人民日用飲食器具而窮究本源。其識力之偉，結構之大，觀察之富，有明一代，一人而已。此其一也。

吾國言工業製造之書，固不自宋氏始。然治其業者，類多視為風雅之餘事，博識之標榜。又迷信舊說，不能獨力觀察，往往類引他書，不加判斷，其結果則僅盡剪刀漿糊之能事，而無條理敘述之可言。如〈陶埏〉一書，即可為此類著作之代表，是書每卷各就其所見聞之事實，為有系統之紀錄。首言天產之種類，次言人工之製造，終及物品之功用，通篇未嘗引用一書。此種創作之精神，乃吾國學者之所最缺，亦即是書之所獨有。此其二也。

經濟研究首重數計，然統計之觀念，乃近世科學訓練之結果，故三百年前歐洲著述者多不能明其重要。宋氏則不然，故〈乃粒〉篇則曰：「凡秧田一畝所生秧，供移栽二十五畝。」又曰：「烝民粒食，小麥居半，而黍、稷、稻、粱僅居半。西極川、雲，東至閩、浙、吳、楚腹焉，方長六千里中，種小麥者二十分而一，種餘麥者五十分而一。」〈粹精〉篇則曰：「木礱（音ㄌㄨㄥˊ）攻米二千餘石，其身乃盡。土礱攻米二百石，其身乃朽。」又曰：「凡力牛一日攻麥二石，驢半之，人則強者攻三斗，弱者半之。」〈膏液〉篇則列舉取油原料每石得油若干斤，以為比較。凡此之類，不勝枚舉。至於〈五金〉篇言：「金質至重，每銅方寸重一兩者，銀照依其則寸增重三錢；銀方寸重一兩者，金照依其則寸增重二錢。」則物理學之比重觀念存焉。此其三也。

凡採礦、冶金以及貴重品之製造，自古多不正確之傳說與迷信。宋氏根據見聞，辨正甚多。如〈五金〉篇辨鵝鴨糞中淘金之訛，斥方士煉銀與採錫之妄。〈珠玉〉篇言珍珠必產蚌腹。其云蛇腹、龍頷、鮫皮有珠者，妄也。

又云：「凡玉入中國，貴重用者盡出於於闐、蔥嶺，所謂藍田，乃蔥嶺出玉別地名。」〈乃粒〉篇言野火之非鬼，〈陶埏〉（音ㄕㄢ）篇言窯變之無異物，皆根據事實，破除迷信。此其四也。

全書多列事實，絕少議論，間有之，則精粹絕倫。如〈舟車〉篇曰：「人群分而物異產，來往貿遷以成宇宙。若各居而老死，何藉有群類哉？」〈陶埏〉篇曰：「商周之際，俎豆以木為之。後世方土效靈，而人工表異，陶成雅器，有素肌玉骨之象焉。掩映几筵，文明可掬，豈終固哉？」〈五金〉篇曰：「黃金美者，其值去黑鐵一萬六千倍，然使釜、鬵、斤、斧不呈效於日用之間，即得黃金，值高而無民耳。」〈冶鑄〉篇曰：「皇家盛時則冶銀為豆，雜霸衰時則鑄鐵為錢。」又曰：「凡錢通利者，以十文抵銀一分值。其大錢當五、當十，其弊便於私鑄，反以害民，故中外行而輒不行也。」皆與近世經濟學原則符合。此其五也。

惟謂礦產採後可以再生，螺母為龍神所護，璞中玉軟如棉絮，嶺南石金初得之柔軟，四川火井不燃而能煮鹽，江南有無骨之雀，猶誤沿傳說。又謂琥珀引草為《本草》之妄，說棉與紙自古有之，至不信有貝葉書經，則頗出於武斷。然此皆觀察之不周，時代之限制，不足為是書病。且原序有言：「傷哉貧也！欲購奇書考證則乏洛下之資，欲招同人商略贗真而缺沉思之館。隨其孤陋見聞，藏諸方寸而寫之，豈有當哉？」然則著者之虛衷與著述之困苦可以想見矣。

余於是蓋有感焉。是書成於崇禎十年（西元一六三七年），距明之亡才六年耳，而著者初未嘗以世亂而廢學，且曰「幸生聖明極盛之世，滇南車書縱貫遼陽，嶺徼（音ㄐㄧㄠˋ）宦商衡遊薊北。為方萬里中，何事何物不可見見聞聞。若為士而生東晉之初、南宋之季，其視燕、秦、晉、豫方物已成夷產。」方今天下之亂未必過於明季，交通之利，研究之便則十倍之。而學工者未嘗知固有之手藝，習農者不能舉南北之穀種，習經濟者不能言生活之指數。舊日之生產未明，革新之方案已出，故無往而不敗。觀於宋氏之書，其亦有以自覺也夫！

民國十七年太歲在戊辰首夏丁文江跋

單元十二

科學與文學的對話

單元大意

第一課　科學與詩的對話／童元方

第二課　尋找靜止的標準／沈君山

單元大意

倘若我們生活在天堂，那麼我們就不會有詩，不會有文學，也不會有科學。因為一切已經圓滿，這就意味著我們不必再有任何的創造。反過來說，人類之所以創造了文明，正是因為我們的世界並不圓滿。最大的不圓滿，是因為人間有「死亡」，並由此衍生出一切的「不足」。健康、聰明、能力、資源、時間……一切的一切都是不足的。因為人嚮往圓滿，人心不足蛇吞象，人的一切都有限，但慾望（或說「願望」）無窮，這使人煩惱。

然而，說也奇怪，煩惱即菩提，正是因為人有種種的慾望不得滿足，於是人類才創造了文明。

人要滿足自己的願望，大約有兩條路可走。一是努力改造我以外的一切，使世界合於我的願望。例如，我們希望我們的身體可以飛起來，經過努力的創造發明，我們果然有了飛機，讓我們可以飛起來。另一條路，則是改造我們自己的願望，使願望在合於世界之現實的情況下得到滿足。還是以「想飛」來舉例，我們「想飛」，但事實上並不能真的飛，於是透過種種「向內」的努力，透過種種心靈的訓練與思辨，使我們的身體雖然沒有飛起來，但精神上卻覺得有「鳶飛魚躍」一般的快樂。不需要真的飛，就得到了「飛」甚至超過「飛」的快樂，滿足了「飛」的願望，或說化解了「飛」的慾望。

前一種解決方式，我們稱之為「科學」。科學的目標就是改造世界，改造「自我心靈」以外的世界（包括「我的身體」）。當然，改造之前你得先認識它，所以，「認識世界」是科學的本行，甚至很多人都認為這是科學的唯一特質──求真理。但坦白說，如果求得的真理無助於改造世界，那麼，科學只能是少數人滿足自己心智的遊戲，而不會成為社會的主流。

第二種解決的方式，則可稱之為文學、藝術或道德哲學（以上可統稱為廣義的文學。本文所使用之「文學」即取此廣義）。文學的目的在改造自我，使自我的心靈呈現出一種感動或體悟，從而滿足或超越、化解了原來的慾望，得到更深一層的滿足。更有甚者，此一感動並不局限在一個人的內心，而是可以透過語言、文字、聲音、圖像、動作、儀式等，將感動傳布到他人的心中，而形成群體性的交感共鳴。

總之，這是兩種文明的路向，創造了兩種文明的世界，但這兩個世界並不對等。今天，我們很熟悉第一種，甚至以為第一種才是進步的，是解決一切問題的藥方。這種見解顯然是我們這個時代的主旋律，但我們要知道，第二種方向才真正長期主導了我們的文明，至今仍然起著潛移默化的作用，像是背景音樂，你可能不察覺，但它一直存在。

兩個世界，似乎是越來越不能互通的兩個世界，這在歷史上並非常態。今後，如何消解兩個世界的隔閡，如何溝通兩個世界，一定會成為我們新時代最主要的課題。

本單元可以說就是針對此一課題而有的簡單嘗試。這裡所選的兩篇文章，分別出自文學家與科學家之手。他們的行文各有特色，關懷的重心也各有不同，但都有會通兩個世界的動機。作為讀者，我們只要能識其意趣，常存於心，他日水到渠成，或有意想不到的收穫。

第一課　科學與詩的對話

童元方

概說

本文選自作者所著《水流花靜》（天下文化出版）一書。《水流花靜》收文十六篇，除其中一篇討論胡適與其女友曹誠英的詩文外，其餘皆與科學家有關。作者說：「我的筆下最常談到的兩個大人物，一個是麥克士韋，一是愛因斯坦。麥氏以方程式表達他的思想，以詩表達他的感情。而少年與老年的愛因斯坦卻分別表現出狂野與睿智兩種形象。我追探這兩位大科學家的言與行，從香港到美國，又從英國到法國。以萬里尋覓、上下求索的旅行，作忽天忽地、夾敘夾議的描寫。」又說：「麥克士韋四十多歲就死了。他死的那一年是一八七九年，而在同一年愛因斯坦誕生了。麥氏之於十九世紀，如愛氏之於二十世紀，都是頂了天、立在地、少繼往而多開來的大物理學家。要大致明白了這兩個人的成就，才有可能明白我國的驕傲—楊振寧在科學上的貢獻；而楊振寧，我不知道有幾個人懂得他的方程式，我是不懂的。由始至終我都是念中國文學，卻偏想認識這些科學家，又不會他們的語言，只有從他們所愛的詩、所寫的詩與散文與情書中來認識這幾位天縱之英才。」所以，我們可說，作者這一系列的散文，實是窺探頂尖科學家的另一扇窗子。

童元方，祖籍河北宣化，民國三十八年出生於臺灣屏東。臺灣大學中文系畢業，美國奧立岡大學藝術史碩士、東亞所碩士，哈佛大學哲學系博士。曾任美國奧立岡大學、哈佛大學助理教授、香港中文大學翻譯系教授。現任東海大學文學院院長。

童元方的寫作以散文為主，作者隨感隨寫，文筆優美，其雜記散文透露出作者為學的認真態度，亦呈現生活中文學與科學交織出的天真爛漫。據其自述，自幼便對文學與數學甚有興趣，其父原本希望她專研科學，但卻在北一女念書時，被學校分到文組班。或由於興趣使然，加之她與陳之藩先生的因緣，使其作品遊走於科學與文學之間，科學與詩的契合，將兩種文化作嘗試性的衝撞。童元方著有《一樣花開－哈佛十年散記》、《水流花靜》等，譯有《愛因斯坦的夢》、《情書：愛因斯坦與米列娃》，譯筆灑脫，是華人中少數的愛因斯坦專家。

課文

在波士頓時，每天回到小屋，他❶如果在家，一定會問這類的話：「今天，妳讀了些什麼詩？誰的？怎麼講？爲什麼好？」我不知道爲什麼，很愛給他講詩。他聽了，有時納悶，有時納罕❷，也有時不解，等我講明白了，他又有時大笑，有時感動得像個小孩。比如，冒辟疆❸寫給董小宛❹的一句詩：「朝同辛苦晚同酸。」他就說：「酸還有這樣用的嗎？眞是好。」又如劉禹錫的「千尋鐵鎖沉江底，一片降幡出石頭」❺，他說：「這氣勢有多大，寫的可是戰敗啊！」說著念誦不已，有時重述再三，忽然又說不夠好了。比如，爲了文天祥的「惶恐灘頭說惶恐，零丁洋裡歎零丁」❻，他先是稱讚，過不了多久又惋惜地說：

「寫得太工，也太巧，反成了敗筆了。」我也覺得如此，雖然兩人所感，不必全同，但眞有搔到癢處的快樂。

有一陣子，他喜歡上別人轉述陸游的句子：

形骸已與流年老，
詩句猶爭造物功。❼

想查查全詩，其他六句並沒有什麼，卻發現了題目竟是〈幽居夏日〉，就說：「難怪有作詩的心情。」停半晌❽，又說：「但與造物刻意地爭功，實在不似幽居。」接著就唱起杜甫的詩句來：

清江一曲抱村流，長夏江村事事幽。
自去自來堂上燕，相親相近水中鷗。
老妻畫紙為棋局，稚子敲針作釣鉤。

「下面忘了，什麼什麼復何求。」我說：「是『但有故人供祿米，微軀此外更何求？』」他半信半疑地說：「這第七句對嗎？還是另有其他的版本？」接著又說：「故人供祿米，委時心中難過，臉上難堪，卻是俗極而雅了。」

他迷迷瞪瞪地想了想，說：「杜甫的題目一定也是〈夏日幽居〉罷？」我說：「題目是〈江村〉，不過寫的是幽居。」

他接著說：「但陸游的題目既是幽居，怎麼會浮出與造物爭功的俗念呢？得給陸游改一個字。」然後又唱起來：

形骸已與流年老，
詩句徒爭造物功。

他把「猶」改成了「徒」，境界頓時提高了很多。與所愛的人亂談所愛的詩，像在半畝方塘[9]中一起涵泳，一起優遊，有說不出的歡喜。

有一天，我想起來：怎麼他做的什麼，我卻連一星半點也不知道呢。就直截了當地去問他：「你那麥克士韋[10]方程式又如何呢？也說來聽聽。」於是，十九世紀最聰明的人啦，人類最美的方程式啦，簡單卻豐富啦，乾淨又莊嚴啦等等全出籠了，聽來不過是些浮光掠影的形容，我依然是徹底地不明白。

「因爲妳不懂數理，沒有這種語言，所以無法跟妳談麥克士韋方程式。可以說妳聾，聽不見聲音；也可以說我啞，說不出話來。」以後他用這類的話堵過我好多次，堵得我眞是出不來氣。可是他那誠懇的樣子，讓人心疼與心苦，不忍再責與再求。於是我就罵起我從那裡畢業的臺北一所女中來，比如，新生入學時，教官要我們在操場上拔草，沒有草的地方，拔什麼呢？大家集體蹲在日頭底下找草，在記憶中凝成了永遠的難堪。到高三時，聯考的陰影像金鐘罩似地，就要當頭罩下了，每天最快樂的瞬間只剩下看報紙的時刻。有一次上學到得早了，拿了報紙在樹下看，一邊等著升旗。忽然間校長出現於眼前，嚴厲指責以後還不夠，還要在當天的升旗典禮上大聲疾呼：「距聯考之日，只有一百一十二天了，居然還有同學在看報！」忍這些辱，負這些重還在限度以內罷，更令人百思不得其解的，是我們文科「愛」班的學生，上物理課的時間改爲考了又考那些早已背了不知多少遍的歷史與地裡的死資料，把學物理方程的機會給生生地剝奪了。

我因爲不能像讀詩那樣分享他欣賞方程式的快樂，幾乎一想起來就要大哭。他手忙腳亂地不知如何安慰我，因而說起了科學家的故事來，把科學本身的問題暫且先放在一旁：

「有一位科學家叫羅斯（Ronald Ross）的，他說『科學』是心靈的微分，『詩』是心靈的積分，微分與積分分開時各有各的美麗的漣漪，但合起來時，尤能見到壯闊的波瀾，科學與詩總有一天一定會合起來的。」

「可是，微積分我也不懂哇！」

「沒有關係，知道了微分，就知道了積分；同樣的道理，知道了詩，也許可以有通往科學的一天。」

一女中呀，把我弄成了不懂科學的殘廢。

而他總有他的說詞：「我們現代的人，哪有一個不是殘廢呢？妳固然是整個科學的殘廢，我不也是半個詩的殘廢呀！你看，我知道妳欣賞李商隱的快樂，我卻不知道妳欣賞吳梅村⓫的快樂；妳能喜歡李白、李賀，我卻努力了半天也不能！妳明白五古、七古，而我只鍾情於七律。至於西洋詩，我只能懂到哈代⓬，妳給我講霍普金斯⓭多少遍，我還是矇查查。所以呀，妳如果是數理的殘廢，我就是詩的殘廢，將來地球上的人類一定變成一堆彼此不懂話而又互相摘不開的蛆，那就是世界的末日，也許是不久的未來。」他的結論這樣激烈，我卻並不太在意，我所在意的是想知道，他爲什麼拿起麥克士韋方程式就微笑呢？是什麼讓他如此心醉呢？

我眞是恨何以不懂麥克士韋的方程式，並不是我專挑外行的東西來爲難自己，而是我從一顆花生米到一句歇後語都願與他分享，分享不了，我就無從快樂。我怎樣才能分享他欣賞麥式方程的那種感覺呢？心急之下，恨完了一女中，就只有求之於上帝了。不知是否這一求的關係，我靈光一閃，忽然想到了貝多芬。上天賜給他超乎常人的絕對音感，後來卻又奪去了他的聽覺，聾了的耳朵聽不見了，但腦中卻還有一片交響的天地。又想到被教皇先收監後軟禁的伽利略，那曾在自家院子裡用手製的望遠鏡夜夜觀星的眼睛卻逐漸盲了，美麗的天象也只能留待追憶。

靈光再閃，又想起了海倫凱勒。上天給了她那麼聰慧的頭腦，卻讓她全瞎；看不見還不夠，又讓她全聾；聽不見自然學不成話，而成了全啞。向既瞎又聾且啞的海倫凱勒說聲音，說顏色，又該從何說起呢？

兜兜轉轉，我的思緒總在小女孩海倫凱勒身上。她因爲失去了與人溝通的工具，長期封閉在幽暗死寂的世界裡，行爲頑劣，脾氣暴躁，自屬當然。她的家教老師蘇利文屢戰屢敗，而又屢敗屢戰，就是無法打開她的學習之門。直到又一次的發瘋發狂之後，淋了一頭一身水的老師，在淋了一頭一身水的學生手掌之上，一遍又一遍重複寫著：水、水、水（water, water, water）。小海倫終於悟出了她老師在她手掌上所畫的就是他所淋的。是觸覺爲她黑洞般的世界帶來了光明。我忘了是從書本上，還是從電影上得來這些影像，不時擾攘在我大腦的空間。我剛到波士頓時，聽說了她所住的小城就在波士頓附近，因她而名之曰：水鎭（Watertown）。我連一天都不等，就跳上往水鎭的公共汽車去探尋海倫凱勒的遺蹟。

想起這些，我委屈地雙眼定定地望著他說：「難道你就不能像蘇利文一樣，不用方程式，也能說出方程式的意思何在嗎？我看到你對麥式方程那從心曠神怡到心迷神亂的樣子就吃醋！我想分享你那種快樂的百分之一。」他看著我渴望的眼神，用手輕輕闔上了我的眼睛，溫柔地說：「這眞是個難題，我怎麼想得出來？」

我說我不管，還是逼著他說。「妳在逼一個男人養出孩子來嗎？……等我再想想」，然後鄭重其事地宣布道：「世間只有兩種現象：一種是聚散無常，一種是迴旋無已。麥克士韋的方程式就是形容這兩種現象的。而且這兩種現象可以併在一起。」

多麼震撼人說法，我似乎若有所悟——一種悟道；也許是若有所誤——一種誤解。不論是悟道或誤解，反正我感到一種震撼後的快樂，也許是水之於海倫凱勒的感覺罷！

這時候我聽說了麥肯塔希[14]改編自雨果[15]《悲慘世界》的音樂劇在波城公演，立時就買了兩張票，造成事實，他就不可能不去了。爲什麼有先造成事實的必要呢？因爲他討厭雨果。他之討厭法國的雨果不下於討厭英國的蕭伯納[16]，或中國的魯迅[17]；此三子者，都是「社會主義」的應聲蟲。在他看來，社會主義就是「慷他人之慨」主義；是「我請客，你花錢」主義；是「包著糖衣的氰化鉀」主義；而「資本主義」則是「勤儉起家主義」。但我們看完了「悲慘世界」之後，他不只謝謝我，而且對雨果的看法也緩和了，竟然說起這樣的話來：

「雨果的節本《悲慘世界》比原來的《悲慘世界》要好，因爲那些『社會主義』說教都刪去了。而音樂劇的『悲慘世界』，好像更乾淨些。」他說著說著興奮起來，又接著往下說：

「雨果有兩句話，我到是喜歡到心折的程度。雨果認爲人生就是畫圓。如把一個圖釘摁在木板的圓紙上，用一根線繞著釘子一轉，不就是一個圓嗎？

雨果卻說，人生不大可能只畫一個中心的圓，而是圍著兩個中心。這兩個中心，一是理想，另一是現實，也是用線繞著此兩圖釘一轉，所以畫出的是有些變形的圓，也就是橢圓。每個人的一生都是畫一個橢圓。雨果這兩句話，眞是可愛。」他說至此，忽然跳起來：「妳知道麥克士韋才眞是畫橢圓的大家呢！麥克士韋十四歲時就寫了平生第一篇科學論文，發表在愛丁堡皇家學會的會刊上，內容竟然是以不同於笛卡兒的方法畫出完美的橢圓。多數是從兩個圖釘當圓心開始，各式各樣的橢圓畫了一個又一個。不過，笛卡兒在他的《幾何》（*Geometry*）一書裡只指出一種畫法，是一個特殊的例子，而且畫法沒有麥式的簡單。麥克士韋的可以歸諸於方程式的橢圓，與雨果的橢圓遙相呼應。麥式十四歲那年的一八四五是別具意義的一年：因爲他在愛丁堡學院同時得到了數學獎及詩作獎。即使是在少年時代，他的天才已經表現在科學與詩兩方面，換句話說，他有兩種工具可以表達自己。」

當我知道了麥克士韋十四歲時同時獲得了數學獎與詩作獎，我好像在一片黑暗之後望見了光明的一線天。我記住了，我要去找麥克士韋的詩。他常常說：「科學與詩，所追尋的目的與所使用的方法均不相同。科學的舞台在事實的表現，詩的舞台則在情感的表達。」一篇文章越能帶出情感，越是文學作品，寫得好時，甚至是詩；一篇文章越能托出事實，越是科學著作。麥克士韋之愛科學，使其進入以方程式書寫和實驗室實驗的科學研究生涯；同時，他之愛詩則是向裡探入，記錄了內心幽微的一動一靜與隱密的一呼一吸。

我於是暗自慶幸：要明白麥克士韋的方程式，我今生是無論如何也辦不到了。但麥氏既然在寫方程式的同時也在寫詩；同是這一個人，愛科學的人研究他，愛詩的人也可以研究他阿！就是不懂方程式，我也可能經由詩而進入他的內心世界！

說笨也可以，說傻也可以，一九九七年的暑假，我到了英國劍橋大學去覓詩。是拉著他陪我回到他的母校去看看的。麥氏是三一學院[18]畢業的，他人生最後的五年全奉獻與開溫第士實驗室[19]的設計與創立。人家是到三一學院、到開溫第士實驗室，新的或舊的，去尋覓麥克士韋的音容與行止，我卻跑到劍橋的「大學圖書館」（University Library），去尋找麥克士韋的詩。

從來沒有見過像劍橋大學圖書館那樣奇怪的圖書館的。哈佛的燕京圖書館[20]目錄是一盒盒的卡片，一九八二年以後的書全改成電腦查訊，卡片就印成一卷卷的大書。付印之前卡片都經過整理，拼音上的、資料上的錯誤都盡力改正。我進哈佛念博士前曾在圖書館工作，正好遇上這個印製目錄的大計畫，叢書部分還是我負責的，我那時對線裝叢書的名字眞是著迷，什麼《玲瓏山館叢刻》，《百川歸海》叢書，天天唸唸有辭。而今，忽到英國的劍橋，劍橋的目錄，我一進圖書館就看見：一本本按字母排列的大書。燕京的是典雅的紅色，劍橋的是沉靜的藍。我一見當然先查他的著作，而一查立時查到，正是他的書及他的博士論文，勞倫斯[21]說過：「我上劍橋，卻恨之至於無可形容」。關於這一點，我與勞倫斯是完全相反的，劍橋的學生，我則愛之至於無以復加，不論是古人，還是今人。

欣喜之餘，我接著找麥克士韋，才知一九八七年以後的書也要上電腦查。麥氏生在一八三一年，卒於一八七九年，只活了四十八歲。因爲電磁波的影響深遠，不知道他的原著是否經一版再版，所以仍舊好奇地上電腦去看，居然一本也沒有。

於是我又回到大目錄上去查。原來劍橋的目錄並不全是印的，有從信紙上剪下來的，也有手寫了貼上去的，形式絕不統一，其所顯現者是圖書收藏的過程，而不是結果。每一本書都留下了進館的痕跡，而每一張小條都訴說著一度新添即成歷史的知識，使後來的人在摩挲舊卷的時候，興起舊夢重溫的感慨。

至於作者的片紙隻字，包括便條、手札什麼的，也都保留了，裝在一個厚紙匣中。凱因斯[22]大概就是被這些東西所吸引，因而研究起牛頓所追究的神學來。

麥克士韋的名下果然有好多書，上面的編號有長有短，看不出任何邏輯的關係。我就跑回大堂看牆壁上的說明，然後一本本地開始找了。

在燕京查資料，書籍號碼的編製總有些脈絡可尋，同一位作者同一性質的書，大概也都放在一起。可是這個大學圖書館卻不然，它的排列次序是以書籍的寬度作標準的。乍聽之下，非常可笑，但仔細一想，實在是節省空間的好辦法。既以書籍的寬度爲主，架上的書往往是左右不相屬的。五本麥氏的書就可能分藏於五個房間，除了珍本書室以外，有稱爲閱覽室的，所藏之書雖不是善本，亦非開架，只能把借書單交給館中的人去書庫取書，有的閱覽室書是借不出來的，只能在裡面看。而什麼書屬於什麼閱覽室，也非常複雜，比如，麥克士韋自己所寫的《物質與運動》（*Matter and Motion*）一書，與愛因斯坦、湯姆遜（J.J. Thomson）等人合寫的紀念文集就不在同一間屋子中。我逐漸悟出來：如此亂成一團的藏書系統，反映了從十四世紀到現在數百年間書籍館藏的過程，使人時時處處感覺到前人手跡的溫暖與遺澤的綿長。

我就這樣在不同的閱覽室以及不同的書架間跑來跑去，中間還要跑到圖書館內附屬的餐廳吃兩口三明治，喝一杯茶。這餐廳最特別的地方是：食品線上最後一樣東西，不是吃的，也不是喝的，而是一堆筆。我不禁想起聖約翰學院那一位成天掉筆找筆的法學教授[23]來，遂笑著拿起一枝去付帳。

在這些書中有一本是從只藏有關劍大學自己活動的閱覽室中找到的：是一九三一年爲麥克士韋百年誕辰紀念會所出版的小手冊，也可以說是紀念會當時的節目單。籌備委員中有校長、三一書院的院長以及開溫第士實驗室的教授盧瑟福[24]，自第一任的麥克士韋以來，如今已是第四任。紀念會在十月一日及二日舉行兩天，而在九月三十日的中午由三一書院的院長在西敏寺[25]同時爲法拉第[26]和麥克士韋的牌匾揭幕。紀念會有普朗克（Max Planck）[27]、玻爾（Niels Bohr）[28]演講，而麥氏所寫的手稿與自製的儀器都在實驗室展出。這些大人物爲紀念麥克士韋的討論文集中什麼都有了，就是沒有提到麥克士韋的詩。

我最後找到的是《麥克士韋的傳紀》（*The Life of James Clerk Maxwell*），坎貝爾與加內特所撰，一八八二年出版。坎貝爾（Lewis Cambell）是麥氏少年時代的朋友，而加內特（William Garnett）則是他在劍橋時的學生，這本書分爲三部分：我一看，第一，他的生平概述；第二，他在科學上的多項貢獻；第三，我的天，居然就是他的詩，我高興地幾乎不能相信自己的眼睛。

坎貝爾是聖安德魯斯大學[29]希臘文的教授，他主要負責第一部分；加內特是諾丁罕的大學學院[30]的自然哲學教授，負責第二部分有關科學的闡釋。坎貝爾在此傳記的序裡提到：麥氏的詩無論文學界如何看其價値，至少在此本傳記的寫作上有其意義。因爲他寫詩一如他所做的任何事，自然顯出其個性來，當中多首亦增添了傳記的色彩。坎貝爾還說有些詩是借詼諧之口吻諷刺了當代一些似是而非的對科學的誤解，以幽默的手法批評了研究方法上的錯誤。有幾首較晚的作品曾在《自然學報》上刊登出來，他所用的筆名就是dp / dt，意指熱動力學方程式的一個等値JCM，正好是他全名（James Clerk Maxwell）的縮寫。集子中大多數的詩作都是第一次公諸於世。我感謝坎貝爾的慧心將這些詩保留下來，因爲麥克士韋含蓄寡言，但有時在寂寞中把潛藏於幽深之處的情感表達於詩句之中，然後再無聲地傳之於朋友。

回到香港後不久，收到楊振寧教授[31]在讀了我的〈劍水流觴〉[32]散文後覆我的一封信，内附一本小書，原來是九七年在愛丁堡的科學節上節慶詩人所朗誦的《麥克士韋的詩歌選集》（*James Clerk Maxwell Selected Poems*），大約有十首，並附一篇簡介，雖然寥寥數語，已足以使我雀躍萬分。在麥克士韋蘇格蘭的家鄉，在群英畢至的科學大會上，這些詩句一字一字地吐出，迴盪在空氣裡，訴說著方程以外的另一種心事。

我就這樣研究起麥克士韋的詩來。

一九九七年尾，我用英文寫了一篇〈論麥克士韋的詩〉（*On J.C. Maxwell's Poetry: A Study of English Verses Behind the Man of Electromagnetics*），寄給九八年在法國南特召開的第九屆電磁學研究學議。我想，電磁學與麥克士韋幾乎是同義的字。這個專爲全世界電磁學科學家與工程師所舉行的一年一度，有時兩年三度的國際大會，我一個學文學的去投稿……，可是，爲什麼不呢？就理直氣壯地投去了，果然石沉大海，沒有一絲回音。

他事先鼓勵我，事後又安慰我說：「這上千人的大會，不是科學家，就是工程師，每個人一提到麥克士韋都是手舞足蹈、精神立刻振奮起來。可是妳所提的是麥克士韋的詩，他們如果不是驚疑，就是以爲在開玩笑！不過，這屆電磁波大會是由法國人所主辦的，法國崇尚自由思想，故多博雅之士。比如，像百科全書派[33]，實在就是雜家，也在法國發源；又如，王爾德[34]、勞倫斯[35]等的英文作品、在英國被禁，卻都在法國見到天日。看到妳這種題目與摘要，並非完全沒有接受的可能。」

然而，我的〈論麥克士韋的詩〉是石沉大海了，就是連一封先來道歉字眼，隨之無可奈何的拒絕之信也沒有。往電腦上去查，一組一組地查過去。數目過百的小組裡都沒有我。

眞的是遭拒了。[36]

二〇〇〇年十一月二日於香港

注釋

❶他：此文中的「他」，即指作者的夫婿陳之藩先生。陳之藩，字範生，河北省霸縣人，民國十四年生，卒於民國一〇一年。北洋大學電機系學士，美國賓夕法尼亞大學理學碩士，英國劍橋大學哲學（電子學）博士。早年曾任職國立編譯館，學成後曾任美國普林斯頓大學副研究員，休斯頓大學教授，香港中文大學講座教授，波士頓大學研究教授，國立成功大學電機工程系榮譽教授、香港中文大學電子工程系榮譽教授。

陳之藩雖以電機為專業，但深具人文素養，愛好文藝。其著名散文〈謝天〉、〈寂寞的畫廊〉、〈失根的蘭花〉、〈哲學家皇帝〉等，多次入選兩岸三地的中學國文課本。所著散文集《旅美小簡》、《在春風裡》、《劍河倒影》、《一星如月》、《時空之海》、《散步》、《寂寞的畫廊》等，亦膾炙人口。

❷納罕：驚異、奇怪。為北方口語。

❸冒辟疆：名襄，字辟疆，號巢民，明末清初人（西元一六一一～一六九三年）。冒辟疆生於仕宦之家，自幼能詩，被當時的文壇巨擘董其昌比為初唐之王勃。與桐城方以智、宜興陳貞慧、商丘侯方域並稱「明末四公子」。冒辟疆年輕時流連秦淮風

月，明亡後則隱居不仕。一生著作頗豐，其中《影梅庵憶語》則回憶了他和江南名妓董小宛纏綿悱惻的愛情生活。

❹董小宛：明末有名的「金陵八豔」之一。崇禎十一年（西元一六三八年），董小宛十六歲，與冒辟疆結識，三年後，正式嫁與冒辟疆為妾，從此「卻管弦，洗盡鉛華，精學女紅」。清順治二年（西元一六四五年），清豫親王多鐸率軍渡江，攻破南京。冒辟疆在逃難中數度患病，董小宛辛苦侍疾，無微不至。順治八年（西元一六五一年），董小宛二十八歲，病死冒府。民間傳言董小宛即清順治帝之董鄂妃，然於史無據。

❺此詩句出自唐代劉禹錫〈西塞山懷古〉。原詩：「王濬樓船下益州，金陵王氣黯然收。千尋鐵鎖沉江底，一片降幡出石頭。人世幾回傷往事，山形依舊枕寒流。從今四海為家日，故壘蕭蕭蘆荻秋。」由西晉滅吳之史實而興懷，為詠史詩之名作。

❻此詩句出自南宋．文天祥〈過零丁洋〉。原詩：「辛苦遭逢起一經，干戈寥落四周星。山河破碎風飄絮，身世浮沉雨打萍。惶恐灘頭說惶恐，零丁洋裡歎零丁。人生自古誰無死，留取丹心照汗青！」

❼此詩句出自南宋．陸游〈幽居夏日〉。原詩：「茅舍參差煙靄中，超然高興與誰同？形骸已與流年老，詩句猶爭造物功。子母瓜新間尊俎，公孫竹長映簾櫳。日長愈覺閑無事，隱具成書又一通。」

❽半晌：一會兒、片刻。晌，音ㄕㄤˇ。

❾半畝方塘：朱熹〈觀書有感〉：「半畝方塘一鑑開，天光雲影共徘徊；問渠哪得澄如許，為有源頭活水來。」故「半畝方塘」為形容地方雖小，但卻可令人心靈澄澈之處。

❿麥克士韋（James Clerk Maxwell）：西元一八三一～一八七九年，或譯「馬克士威」。英國蘇格蘭數學物理學家。他最大功績是提出了將電、磁、光統歸為電磁場之現象的「馬克士威方程組」。他在西元一八六四年發表的論文〈電磁場的動力學理論〉中，提出電場和磁場以波的形式以光速在空間中傳播，並提出光是引起同種介質中電場和磁場中許多現象的電磁擾動，同時從理論上預測了電磁波的存在。

科學界普遍認為馬克士威是十九世紀物理學家中，對於二十世紀初物理學的巨大進展影響最為巨大的一位。他的科學工作為狹義相對論和量子力學打下理論基礎，是現代物理學的先聲。在馬克士威百年誕辰時，愛因斯坦本人盛讚了馬克士威，稱其對於物理學做出了「自牛頓時代以來的一次最深刻、最富有成效的變革」。

⓫吳梅村：名偉業，字駿公，號梅村，明末清初人（西元一六〇九～一六七一年），為著名詩人，寫有「圓圓曲」，膾炙人口。吳梅村亡曾高中崇禎朝之榜眼，明亡後曾短暫仕清，後引以為「誤盡平生」憾事。臨終遺言「死後殮以僧裝」，以示對仕清之懊悔。

⓬哈代（Thomas Hardy）：西元一八四〇～一九二八年，英國著名作家、詩人。所著長篇小說《德伯家的苔絲》（*Tess of the d'Urbervilles*），後被改編為著名電影「黛絲姑娘」。

⓭霍普金斯：傑拉爾德·曼利·霍普金斯（Gerard Manley Hopkins）：西元一八四四～一八八九年，英國著名詩人，在二十世紀被認為是最負盛名的維多利亞詩人。

⓮麥肯塔希（Cameron Anthony Mackintosh）：生於西元一九四六年，是一名英國戲劇製作人，他製作了許多部非常成功的音樂劇。

⓯雨果（Victor, Marie Hugo）：西元一八〇二～一八八五年，法國浪漫主義作家的代表人物，是十九世紀前期積極浪漫主義文學運動的領袖。《巴黎聖母院》（鐘樓怪人）、《悲慘世界》等，為其家喻戶曉的代表作。

⓰蕭伯納（George Bernard Shaw）：西元一八五六～一九五〇年，愛爾蘭文學家，曾獲一九二五年獲諾貝爾文學獎。其著名劇作《賣花女》（*Pygmalion*），曾改編為音樂劇《窈窕淑女》（*My Fair Lady*），後又改編為同名電影，十分賣座，享譽一時。

⓱魯迅：本名周樹人（西元一八八一～一九三六年），字豫才，以筆名魯迅聞名於世。浙江紹興人，為二十世紀中國的作家，新文化運動的領導人，被譽為中國現代文學的大師。他的《狂人日記》是中國現代白話小說的開山之作，影響深遠。代表作有《阿Q正傳》、《祝福》、《孔乙己》、《故鄉》等。毛澤東評價魯迅說：「不但是偉大的文學家，而且是偉大的思想家和偉大的革命家。」因而魯迅在中國大陸享有極高的地位。

⓲三一學院（Trinity College, Cambridge）：是劍橋大學中規模最大、財力最雄厚、名聲最響亮的學院之一，擁有約六百名學生，三百名研究生和一百八十名教授。其畢業生中有許多人都取得了非凡的成就，光在二十世紀，就有三十二位諾貝爾獎得主出

自三一學院。同時，它也擁有全劍橋大學中最優美的建築與庭院。

⑲開溫第士實驗室（Cavendish Laboratory）：英國劍橋大學著名實驗室，曾培養出數十位諾貝爾獎得主，開啓了高能物理、電磁學、宇宙學等各種重要領域之研究。

⑳哈佛燕京圖書館（Harvard–Yenching Library）：是美國哈佛大學裡專門用於收藏東亞地區相關文獻的圖書館。該館有中文、日文、西方語文、韓文、越南文、藏文、滿文和蒙古文藏書總計超過百萬卷，是世界著名的東方文獻典藏中心。該館設立於西元一九二八年，為中國燕京大學與美國哈佛大學合作之產物。燕京大學成立於西元一九一九年，為美國教會在中國所創辦之大學。該校在西元一九五一年被中華人民共和國教育部接管，後遭拆分，其校址現為北京大學所使用。北京古為燕地，燕京即北京之別稱。

㉑勞倫斯：大衛・赫伯特・勞倫斯（David Herbert Lawrence，通常寫作D. H. Lawrence，西元一八八五～一九三〇年），二十世紀英國作家，是二十世紀英語文學中最重要的人物之一，作品寫實，代表作《查太萊夫人的情人》曾引發社會爭議。他在西元一九一五年訪問劍橋時，曾說這個地方有一種令人無法忍受的唯美生活與思想氣息。

㉒凱因斯：約翰・梅納德・凱因斯（John Maynard Keynes，西元一八八三～一九四六年），英國經濟學家。凱因斯主張政府應積極扮演經濟舵手的角色，透過財政與貨幣政策來對抗景氣衰退乃至於經濟蕭條。他發表於西元一九三六年的主要作品《就業、利息與貨幣的一般理論》引起了經濟學的革命。這部作品使人們對經濟學和政府在社會生活中作用的看法產生了深遠的影響。

凱因斯在經濟學領域以外的另一項成就，是成為研究牛頓這位科學家的重要權威。凱因斯讓世人見到這位科學家著迷神祕學的另一面，並形容牛頓「一腳踩在中世紀，另一腳踏上通往現代科學之路。」

㉓作者在寫作文本之前，有〈劍水流觴〉一文，其中提到作者初到劍橋聖約翰學院，在正式的宴會上遇到一位法學教授，說到他在學院中到處掉筆的事。

㉔盧瑟福：又譯「拉塞福」（Ernest Rutherford，西元一八七一～一九三七年），紐西蘭著名物理學家，知名為原子核物理學之父，曾在劍橋三一學院及開溫第士實驗室工作。拉塞福成功地證實在原子的中心有個原子核，創建了拉塞福原子模型（行

星模型）。他最先成功地在氮與α粒子的核反應裡將原子分裂，他又在同實驗裡發現了質子，並且為質子命名。第一〇四號元素為紀念他而命名為「鑪」。

㉕西敏寺（Westminster Abbey）：音譯為「威斯敏斯特修道院」，是一座位於英國倫敦市中心的大型哥德式建築風格的教堂，一直是英國君主安葬或加冕登基的地點。曾在西元一五四六～一五五六年短暫成為主教座堂，現為王家勝蹟。西元一九八七年被列為世界文化遺產。

㉖法拉第：麥可・法拉第（Michael Faraday，西元一七九一～一八六七年），英國物理學家。法拉第在電磁學及電化學領域做出很多重要貢獻，他首先發現了電磁感應的現象，被公認為電動機（馬達）與發電機的發明者。是歷史上最具有影響力的科學家之一。

㉗普朗克：馬克斯・卡爾・恩斯特・路德維希・普朗克（Max Karl Ernst Ludwig Planck，西元一八五八～一九四七年），德國物理學家，量子力學的創始人，二十世紀最重要的物理學家之一，因發現能量量子而對物理學的進展做出了重要貢獻，並在西元一九一八年獲得諾貝爾物理學獎。普朗克最大的貢獻是首先提出了量子論。這個理論徹底改變人類對原子與次原子的認識，正如愛因斯坦的相對論改變人類對時間和空間的認識，這兩個理論一起構成了二十世紀物理學的基礎。

㉘玻爾：尼爾斯・波耳（Niels Bohr，西元一八八五～一九六二年），丹麥物理學家。他通過引入量子化條件，提出了波耳模型來解釋氫原子光譜，提出對應原理，互補原理和哥本哈根詮釋來解釋量子力學，對二十世紀物理學的發展影響深遠，並於西元一九二二年獲得諾貝爾物理學獎。

㉙聖安德魯斯大學（The University of St Andrews）：建立於西元一四一〇到一四一三年，是蘇格蘭第一所大學，同時也是英語世界中第三古老的大學，僅次於牛津大學與劍橋大學。

㉚諾丁罕（The University of Nottingham）：或譯作諾丁漢大學，是一所校址位於英國英格蘭中部地區諾丁漢郡的研究型大學。

㉛楊振寧：西元一九二二年生於中國安徽，是一位卓越的物理學家。他與李政道共同提出宇稱不守恆理論，而後二人獲得西元一九五七年諾貝爾物理學獎，是中國人中最早獲得諾貝爾獎的得主。除獲得諾貝爾獎外，楊振寧在物理學上還有很多重要的

建樹，在國際科學界享有崇高的聲譽，目前定居北京。

㉜劍水流觴：本文作者的另一篇散文，與本文一同收到作者的散文集《水流花靜》中。

㉝百科全書派：是指十八世紀法國一部分啓蒙思想家於編纂《百科全書》過程中，以狄德羅為核心而形成的一個學術團體。主要人員包括孟德斯鳩、伏爾泰、盧梭等人。皆為歐洲啓蒙時期崇尚理性的重要思想家。

㉞王爾德（Oscar Wilde）：西元一八五四年十月十六日～一九〇〇年十一月三十日，愛爾蘭作家、詩人、劇作家，英國唯美主義藝術運動的倡導者。劇作《莎樂美》、《溫夫人的扇子》、《不可兒戲》等，均甚受歡迎。後二部作品曾譯為中文在臺灣上演。

㉟勞倫斯：見註㉑。

㊱二年後，第十一屆電磁學大會召開，作者將該篇論再度投稿，獲得大會接受，順利在大會上發表論文。事見〈麥克士韋的詩〉一文，收入作者所著《水流花靜》一書。

綜合討論

本文是一篇「隨筆」性質的散文。作者從與夫婿的閒聊談起，聊天的主題本來是在談詩，但話鋒一轉，作者想到其夫婿可以分享她在文學上的心得，但她卻不能分享先生在科學上的愉悅，不免心有不甘，覺得自己所受的教育是不完整的。接著，話題就落在作者夫婿極為欣賞的科學家麥克士韋身上。作者想了解麥克士韋的方程式究竟是如何的美妙？但在探尋的過程中，發現麥克士韋本身也寫過不少的詩，於是轉而研究麥氏的詩作，並寫成研究論文，向為紀念麥氏而召開的電磁學大會投稿。

本文反應了根於人性的普遍需求—我們都企望成為一個完整的人。所謂完整的人，就是說，我們每一個人的天賦、性向、興趣等，雖各有所偏好，但我們對於我們所生活的世界，還是保有一全面性渴望有所了解的基本好奇、基本願望。所以，在中國傳統中，有「一事不知，儒者之恥」的說法，而在西方文化之中，亦有「文藝復興式的人物」（Renaissance man）此一具有褒意的專有名詞，用來指稱那些學問廣博而不受限於專業的人。

然而，由於近兩百年來知識的極速膨脹，各專業領域快速的走向艱深，要找到在文學、科學的頂端卻仍能兼備者，可謂難之又難。愛因斯坦熱愛小提琴，但畢竟稱不得藝術家；揚振寧從小受到極好的國學薰陶，終身熱愛詩詞美術，但畢竟貢獻在科學方面。麥克士韋本人愛寫詩，但此點幾乎不為後世的同行所知。

於此，我們可以提出兩個問題：一、一個人可以同時兼有科學與文學的造詣嗎？我們該不該鼓勵人們如此追求？二、科學與文學這兩個領域，在本質上是否有相通的可能？也就是說，當一個人擁有這兩方面的知識與能力，這在他身上，是合而為一的呢？還是互相不統屬、沒有關聯？

一般來說，科學與文學（皆取其廣義），分別對應著人身上的兩種基本能力—理性與感性。前者表現為冷靜、客觀、清晰、細密的邏輯思維，後者則代表了充滿感情的、主客消融的、輪廓模糊的、充滿想像的意境之體會。從外表上來看，此二者好似風馬牛不相及，但在實際生活中，卻是互相支持、此隱彼顯的關係，只是我們自己往往並不察覺。舉例來說，貌似冰冷的科學研究，其後面必有一熱情以為驅動（但除非走火入魔或意願消退，往往從事者不在意）。而在生活上需要客觀冷靜分析的事情，事實上又很受到某種情緒之左右，甚至成為某種情緒、意願之包裝，不過妄圖披上「客觀」、「科學」的外衣而已。反過來說，以感情為主調的事情，譬如愛情，其實未必見得沒有合乎邏輯的道理可說（只是尚未被完全發現）。理智與感情的和諧，是一個真實的人生所不能缺少的。但二者間之互相貫通又絕非容易之事，稍有不慎，往往造成以其中一方解釋吞沒另外一方的錯誤（例如以「荷爾蒙」或「權力關係」來解釋愛情）。二者間的關係，確實有一哲學上的玄妙。

十九世紀以來的社會氛圍，是科學獨強、專業獨大。於是鼓勵人們往各個專業努力發展，造成各專業領域的快速進步，整個社會因而蓬勃發展。然而，對於一個活生的「個人」來說，我們不當是專業的奴僕，而當是其主人。若「個人」在生活上的偏枯，只有專業而對專業之外的世界一片茫然，則不能不說是人生的遺憾。

詩與電子學，可說渺不相涉，但在人類的心靈中，未嘗沒有一個神祕的通道。或許，未來人類的文明走向，就在於打開這個神祕通道，使人生兼顧深度與廣度，開展文明的新面貌。

第二課　尋找靜止的標準

沈君山

本文選自沈君山所著《浮生三記》（九歌出版社，民國九十年初版）。科學，可說是現代社會最重要的標誌，也是改善人類生活的最大力量。今天，在我們受教育的過程中，大約有一半以上的時間都在學習科學（包括數學）。那麼，科學究竟是什麼？擁有科學知識是否就一定具有科學的態度？科學的態度是否與文學的精神渺不相涉？

本文從一首古典詩歌談起，藉著「尋找靜止標準」的過程，逐步剖析科學思維的特徵。思路清晰而文筆流暢，十分具有啟發性。

作者沈君山先生，民國二十一年生，浙江餘姚人，臺灣大學物理系學士，美國馬里蘭大學物理博士，專研天文物理。後曾任職於普林斯頓大學，美國太空總署太空研究所及普度大學。西元一九七三年歸國後，擔任清華大學物理系教授兼理學院院長，後曾擔任行政院政務委員，並於民國八十三年擔任清華大學第一屆遴選校長。

沈君山興趣廣泛，多才多藝。就學臺大期間，曾是臺大足球隊隊長，籃球隊隊員，赴美求學期間又連續三年獲得美國圍棋冠軍本因坊頭銜，回國後曾經代表國家贏得兩次世界橋牌賽亞軍，當選七次國家橋牌選手，十大傑出青年。因此，沈君山較其他的臺灣科學家享有更高的社會知名度。

沈君山長期關注國事，對民主發展及兩岸關係皆有貢獻。民國七〇年代，臺灣社會處於解嚴前後的政治運動狂飆時期，沈君山以其聲望與熱忱，溝通朝野，保釋林義雄等因美麗島事件繫獄人士，並長期擔任中央選舉委員，於族群和諧頗有貢獻。民國八〇年代初，兩岸解凍，沈君山出任國家統一委員會委員，提出兩岸一國而分治之觀念，並三次與中共領導人江澤民晤談，對於和緩兩岸，啟動交流頗有貢獻。

除物理專著外，沈君山著有散文集《浮生後記——一而不統》、《浮生再記》、《浮生三記》、《此生泛若不繫舟》等，並寫有若干談圍棋與橋牌的著作。

南宋詩人楊萬里❶寫過一首可愛的小詩：

前山欺我船兀兀，結約江妃行小譎；
乘我船搖忽遠逃，見我船定還孤出。
老夫敢與山爭強，受侮不可更禁當，
醉立船頭看到夕，不知山於何許藏？❷

這首詩描述一個微醺的老者，在搖晃的渡船上，看遠山起伏時所產生的反應。把老者倔強自是的心理，生動的描繪出來，以自己做中心，相信自己做中心，相信自己直覺的觀察，因此，「看見」前山起伏，前山就是眞在起伏，而且還結合了江妃在捉弄人，因此，非得和它較量一下不可。

類似的經驗，在日常生活中也常遇見；譬如坐在平穩行駛的火車裡，小寐初醒，見窗外群山飛馳，第一個反應，也常是：「山跑得好快！」

當然，這些反應只是微醺或初醒時才有，神智一清醒，「常識」就會告訴我們：是船在搖，是車在行，不是山在動。

但是，這常識之形成，是因爲在我們——觀察者——日常的生活環境中，相對於其他物體，絕大部分時間山都靜止不動。假如有人，生來就住在火車車廂裡，未曾離開過火車，他沒有山必然是靜止的先入觀念，火車馳動時，自然就會認爲是窗外萬物在倒退。此時若忽然有地上的人進車去和車裡的人解釋：原是火車在前進，不是地在倒退，車裡的人一定很難接受，爭辯起來。車外的人，有沒有辦法證明車裡的人是錯誤的呢？更具體一點說，世間究竟有無絕對的標準，能客觀的判定何者是靜止，何者在運動呢？

千餘年來，科學家一直在尋找這樣一個絕對客觀的靜止標準（物理術語稱之爲絕對坐標系統—absolute frame of reference）。這個問題，本身是純科學的，但是因爲它與絕對眞理、絕對道德、絕對權威這些哲學、倫理、政治方面的基本問題，有可類比之處，因此，特別引起思考之士的興趣。

觀察的世界在隨時間改變

從希臘時代開始，星象學家就發現夜空中諸星都在有規則的運行，因此，很早就有地動和地靜兩種說法。地靜說認爲地球是宇宙靜止的中心；地動說則認爲太陽才是靜止的中心，而地球圍繞著它旋轉。

今天看起來，當然後說較接近事實，但在那個時代，觀測的技術還沒有精細到足以辨別何者爲是的地步，而「常識」告訴人們，萬物都很自然的要往下掉落，假若地球轉動的話，白天好好坐立行走的人，到了半夜，地球轉到另一面，就會掉到天空中去，想像起來，非常可怕。因此，從開始起，地動說就一直未能爲大眾接受。公元四世紀後，基督教成爲羅馬國教，聖經中耶和華曾間接的暗示太陽是在繞地球轉，從此，除地靜說外，其他都是異端邪說，連想都不應該去想了。

直到十五世紀，文藝復興，從信仰的時代進入理性的時代，科學的時代接踵而至，絕對靜止標準的尋求才又活躍起來。但是，尋求的方式和以前頗有不同。因爲，科學研究所依所據的是觀察得到的實證。十五、六世紀以前，人直接用自己的五官觀察，十五、六世紀以後，漸漸借用工具儀器。工具一天比一天進步，所觀察到的世界也一天和一天不同。譬如同樣是眼前這張紙，用眼去看用手去摸，都實實在在，但是用顯微鏡（發明於十七世紀初葉）去看，就脈絡分明，用電子顯微鏡（發明於二十世紀初葉）去看，便成一顆顆疏疏落落排列有序的原子。所以同樣是一張紙，十七世紀以前的科學家和十七世紀的科學家「見到」的就不一樣，而十七世紀的科學家和二十世紀的科學家「見到」的又不一樣。紙沒有變，人的理性沒有變，是觀察的工具、觀察的方法變了。

以太成為靜止的標準

就尋求絕對靜止的標準而言，望遠鏡是改變人們原來觀念的第一個工具。因爲望遠鏡的發明，科學家可以用與以前完全不同的精密度去觀測行星運行的軌跡，以太陽爲靜止中心的哥白尼體系乃得逐步取代中古時代地球爲中心的地靜體系。

但是，後來也因爲望遠鏡的進步，科學家們漸漸發現，在宇宙間，像太陽這樣的星球，有幾千億億顆。地球固然繞著太陽（速度每秒三十公里，約爲噴氣機速度的一百倍），太陽也繞著銀河系中心轉（速度每秒二百餘公里），銀河系又繞著處女星系團轉（速度每秒五百餘公里）……。正是小圈圈繞大圈圈，大圈圈繞更大圈圈，因此，到十九世紀，又沒有人再認太陽是宇宙的絕對靜止中心了。

就在這個時候，以太❸——一種似有似無、無所不在卻又無所可在的物質，開始取太陽而代之，成爲絕對靜止的標準。

以太原是那時的科學家用來解釋光的傳播的。十八、十九世紀時，許多實驗都顯示光具有波動的特性，但是波必需借重物質作媒介，才能傳播。光既然無遠弗屆，它的媒介也應該無處不在，選擇它作客觀靜止的標準，當然最自然不過。

但是，除了擔任傳播光波的媒介，以太似乎不具有任何物質的特性，無色無質，甚至也不具有一般傳播媒介的特色。例如：軍艦在大海中航行，迎面而來的魚雷，接近它的速度，當然比尾追而來的魚雷接近它的速度快。地球在以太中運行，「光」順流而來時，它的速度也應該比「逆流」而來時快。但是，十九世紀末葉的一些實驗（註一）徹底的否定了這個推論；光從任何方向來，它的速度都是一樣的。

許多第一流的大科學家，絞盡腦汁的尋找解釋，但都不能完全成功，不願或不能超越「常識」也是所以失敗的重要原因之一，直到一九〇五年，愛因斯坦提出他的特殊相對論，揚棄以太，平等的看待時空，才從根本上解決了光傳播的問題。

特殊相對論的基本假設之一，便是「絕對坐標」並不存在。簡單的說：運動都是相對的，因此，對於一個關閉在火車裡的人，無法「證明」火車是在運行，因此，假若楊老詩人一定要說前山在孤出遠逃的搖晃，也不能說他是絕對的錯了。（註二）

充塞蒼穹的背景微波

這樣的過了六十年，科學家已經淡忘尋求客觀靜止標準的努力，忽然，完全意外的，兩個沒沒無聞的美國年輕人發現了「背景微波幅射」（註三）。所謂微波幅射，原是宇宙誕生時劫火的餘燼。混沌初開時，天地間充滿了溫度極高的各色各樣互相相撞的粒子，當然也包括光子。後來宇宙不斷膨脹，萬物逐漸冷卻，這些當初熾熱的光子變成很「冷」，成爲溫度只有二點八度k的微波，充塞蒼穹，無處不在，其數目較所有物質粒子的數目還要高上一億倍。

現在我們已經知道，光雖然是波，但也具有粒子的性格，在太空中傳播，無需媒介，也可以說它就是自己的媒介。從某種意義上看，這些無所不在的微波，也可以算是新的以太，近幾年的探測，顯示地球和它之間的相對速度，約是每秒鐘三百公里。

嚴格的說，代表背景微波的坐標系統，不能算是絕對靜止的標準，相對論沒有錯，絕對坐標系統並不存在。但是這些微波光子的運動，代表宇宙初生時萬物運動的平均。因此，若把代表它的坐標系統作爲客觀的靜止標準，應該是很合適的。數千年翻覆爭辯不已的老問題，似乎終於找到了最後的答案。

科學史上，像這樣的例子很多，一百多年前，科學界爭辯得最熱烈、最吸引大眾注意的問題，是生命能不能從無生物中產生。經過巴斯德[4]的著名實驗，一致的結論是「不能」。但是，這一、二十年來，好些實驗卻又都顯示在特定（類似地球早期）的情況下，是可以的。中世紀時盛行煉金術，到了十八、十九世紀，化學家們「證明」元素不能轉換，「煉金」一詞成爲荒謬可笑的代語，但是二十世紀的核子物理告訴我們，元素可以轉換，轉換可以自然的發生，也可以人爲的導致。事實上，金就是在星球內部的大洪爐裡，從氫元素一步步的「煉」出來的。

科學是在追求相對的眞理

也許有人要問，科學不是追求眞理的嗎？眞理是不變的，那科學是在追什麼樣的眞理呢？

科學試圖認識自然，從而役使它。但其認識必是相對的，只能逐步接近，而永無完全絕對認識的一日。像前文提到對紙的了解即是一例：今日了解的紙和百年之前不同，百年之後，有了更新的理論，更新的儀器，那時所了解的紙當然又與今日的不一樣了。

所以，在科學的世界裡，所有的定律都有其一定的範疇，在此範疇內正確的，出了這範疇就不一定正確。範疇慢慢擴大，定律也必需慢慢修正。科學的世界是一個演進的世界，它有它演進的紀律，可以借用「守綱知變」這句話來說明。在一定的時代，有其一定的綱，一切闡釋、一切運作，皆應尊重遵守這個綱的規範。但是在思考上，這個綱只是一個指導，而不應是一個拘束。當發現了新的現象，有了新的實證，而這些現象和實證，舊的綱確實不能處理時，就必須修改舊的綱。修改之不足，則重新起爐灶，但即使重起爐灶，新的學說應用到舊的範疇內時，也必須與舊的學說殊途而同歸。因爲，大家原都以一樣的實證作最後判斷的權威。

所以自然科學中的理論、定律，雖永不能垂諸萬世而皆準，但也從不會完全廢棄無用：它只是成爲攀登知識高峰的無窮盡階梯中的一階。像巴斯德的實驗，有沒有錯呢？常然沒有！今天我們再重新來做這樣一個實驗，一定也得出同樣的結果。但是巴斯德在寫它的結論時，或者應該先加上幾個字：「在今天我們所能做到的條件下」然後再如何如何。其實，這幾個字可以應用到所有科學的理論和實驗結果上去。

尊重事實和容忍懷疑

科學發展過程中，最不容易的一步，便是跳出舊的綱，也就是能用知識而不爲知識所囿。像古人不知萬有引力，但見萬物皆自然的下落，久而久之，它成爲固定在腦中揮之不去的常識，因此，要想像地球轉動當然萬分困難。時至今日，尖端科學所探索的都是已超越日常經驗的現象。所以，科學家也習慣了不符合「日常常識」的想法（例如電子和光波都可以既是波動又是粒子），但是又因爲日夕浸在所謂「科學常識」之中，仍難免爲科學常識所拘縛。事實上，科學上絕大部分的突破，都是爲現實（不能解釋的實驗結果等）逼迫而成。眞正的先知先覺，能從理論上自然的導出涵蓋面更廣、應用更普遍的新體系的，絕無僅有。像愛因斯坦之所以數十年來受物理學家頂禮膜拜，主要就因爲他的廣義相對論，眞正是千山我獨行，走在時代前面至少五十年。

所以，以實證作爲最後權威的科學，在某種意義上來說，比用教條聖言作爲最後權威，要增加很多麻煩，它必需容忍懷疑而不能一成不變。但是也正因爲如此，它才能幫助人認識自然，役使自然，它才會永遠「有用」，永遠地被大眾接受和信任。

——寫於一九八四年

（註一）最有名的是一八八七年邁可遜和莫萊兩人的實驗❺，許多學者把這一年作爲近代物理的起點。

（註二）嚴格的說，這個結論還只能應用在等速運動上，一九一六年發表的廣義相對論才包括了加速運動。

（註三）這兩位年輕人後來都因此得了諾貝爾獎，其中一位羅勃威爾遜曾於一九八三年十月到臺灣訪問。背景微波產生於宇宙初生時，九〇年代後用太空船量測，帶給我們很多早期宇宙的訊息。

注釋

❶楊萬里：南宋時人（西元一一二七～一二〇六年），字廷秀，號誠齋，吉州吉水人（今江西省吉水縣）。為著名愛國詩人，與陸游、尤袤、范成大並稱「南宋四大家」。一生作詩兩萬多首，但只有四千多首留傳下來。楊萬里的詩大多描寫自然景物，也有不少篇章反映民間疾苦，抒發愛國感情。語言淺近明白，清新自然，富有幽默情趣，稱為「誠齋體」。

❷此詩乃楊萬里所寫〈夜宿東渚放歌三首〉之三。

❸以太aether、aether或ether的中譯，或譯乙太。是古希臘哲學家亞里斯多德所設想的一種物質，為五元素之一。十九世紀的物理學家，認為它是一種曾被假想的電磁波的傳播介質。但後來的實驗和理論表明，如果不假定「以太」的存在，很多物理現象可以有更為簡單的解釋。也就是說，沒有任何觀測證據表明「以太」存在，因此「以太」理論被科學界拋棄。

❹巴斯德：路易・巴斯德（Louis Pasteur，西元一八二二～一八九五年），法國微生物學家、化學家，微生物學的奠基人，為第一個創造狂犬病和炭疽病疫苗的科學家，常被稱為「微生物學之父」。西元一八六二年，巴斯德巧妙地設計製造出了形態獨特的曲頸瓶進行肉湯煮沸實驗，擊敗了關於生物起源的「自然發生說」。巴斯德將肉湯放進曲頸瓶裏，瓶頸作成S形，但仍然開著口。他將肉湯煮沸，把湯裡和瓶內微生物全部殺死，然後置於原處觀察，結果肉湯保持無菌狀態。由於S形的瓶頸，外部的空氣無法回流進去，所以，巴斯德實驗證明空氣不存在「生命力」，故而「生物來源於生物」。

❺邁可遜（Albert Michelson）：西元一八五二～一九三一年，波蘭裔美國籍物理學家，以測量光速而聞名，尤其是「邁可遜—莫萊」實驗。他在西元一九〇七年獲得諾貝爾物理學獎。莫萊（Edward Morley，西元一八三八～一九二三年）是一位美國物理學家，化學家。

本文旨在說明「什麼是科學的真理」。文章由一首南宋詩人楊萬里的古詩開始，說明運動的相對性，然後提出「尋找靜止標準」的問題。在最初，人們以為地球是宇宙的中心，地球就是靜止的標準，但隨著觀測工具的進步（如望遠鏡等），這個想法被打破了，連太陽都不是靜止的標準。於是，科學家提出了「以太」，但實驗始終無法證明。直到愛因斯坦提出了相對論，才打破人們對「應有一個靜止標準」之「常識」的執著。

但是，「沒有靜止標準」是否是最終答案呢？似乎又不是。宇宙「背景微波幅射」的發現，使問題又有了新的解答。

作者舉出這麼一個例子，為的是說明「科學真理」的相對性。科學真理必在一群固定的條件下被「實證」。而這些「條件」，形成了我們認知的基本架構，也就是科學的「綱脈」。條件若變了，真理也會變，而我們不當把某些條件（如「萬物皆向下落」）視作永遠不變的「常識」。

這篇文章，闡釋了科學的性質，本身可以說是一個「科學哲學」的論述。那麼，這篇文章的主張，本身是否也適用於他所提出的「相對真理」觀呢？也就是說，這篇文章的見解，是否也是基於某些認知條件下才能成立，而非絕對的真理呢？此點，就要讓我們聰明的讀者多想一想了。

Note

Note

國家圖書館出版品預行編目資料

科大經典文學——特色篇（電子、資訊、環物等學系適用）／霍晉明主編.
——初版. ——臺北市：五南，2015.02
面； 公分
ISBN 978-957-11-8010-6（平裝）
1.國文科 2.讀本
836 104001318

1XBM 國文系列

科大經典文學——特色篇
（電子、資訊、環物等學系適用）

作　者— 吳奕蒼 吳璧如 李燕惠 周明華
林桐城 張靜宜 郭美玲 曾潔明
楊惠娥 劉玫瑛 蔡秀采 霍晉明

發 行 人— 楊榮川
總 編 輯— 王翠華
企劃主編— 黃惠娟
責任編輯— 盧羿珊
封面設計— 黃聖文
出 版 者— 五南圖書出版股份有限公司
地　址：106台北市大安區和平東路二段339號4樓
電　話：(02)2705-5066　傳　真：(02)2706-6100
網　址：http://www.wunan.com.tw
電子郵件：wunan@wunan.com.tw
劃撥帳號：01068953
戶　名：五南圖書出版股份有限公司

台中市駐區辦公室/台中市中區中山路6號
電　話：(04)2223-0891　傳　真：(04)2223-3549
高雄市駐區辦公室/高雄市新興區中山一路290號
電　話：(07)2358-702　傳　真：(07)2350-236

法律顧問 林勝安律師事務所 林勝安律師

出版日期 2015年 2 月初版一刷
定　價 新臺幣250元